Number Seven
넘버세븐

FANTASY FRONTIER SPIRIT
이모탈 판타지 장편 소설

넘버세븐 5

이모탈 판타지 장편 소설

초판 1쇄 찍은 날 § 2014년 1월 17일
초판 1쇄 펴낸 날 § 2014년 1월 23일

지은이 § 이모탈
펴낸이 § 서경석

편집부장 § 권태완
편집책임 § 어정원

펴낸곳 § 도서출판 청어람
등록번호 § 제1081-1-89호
등록일자 § 1999. 5. 31
어람번호 § 제1-1757호

주소 § 경기도 부천시 원미구 심곡2동 163-2 서경B/D 3F (우) 420-822
전화 § 032-656-4452팩스 § 032-656-4453
http://www.chungeoram.com
E-mail § chungeorambook@daum.net

ISBN 978-89-251-3678-3 04810
ISBN 978-89-251-3516-8 (세트)

이모탈 판타지 장편 소설

NuMboR Seuen

FANTASY FRONTIER SPIRIT

넘버세븐

5

CONTENTS

Chapter 01

베이너 남작군과 프리프케 자작군은 서로 상대가 아이작스 남작군으로 알고 정말 열심히 싸우고 있었다. 자신의 동료를 죽인 놈들. 그리고 근 한 달이라는 긴 시간 동안 자신들을 괴롭힌 놈들.

　이제는 그 끝을 봐야만 했다. 이곳에서 완전하게 항복을 받아내야만 했다.

　"죽엇!"

　"죽어랏! 이 아이작스의 돼지 같은 놈들아!"

　"뭐? 크으으윽!"

병사들은 아이작스 영지군을 원수처럼 외치며 죽여 나갔다. 그것은 기사라 할지라도 역시 다르지 않았다. 처음엔 그랬다. 기사들도 이미 피의 광기에 전염되었기 때문이다.

하지만 그 잔인한 피의 광기가 서서히 식어가자 주변을 돌아볼 이성이 되돌아오기 시작했다. 이상했다. 뭔가 아주 이상했다.

"이상하군."

"그렇습니다."

프리프케 자작이 검을 멈추고 주변을 훑어보며 간단히 내뱉은 말이었다. 그에 바첼레트 경 역시 이상함을 느꼈는지 프리프케 자작의 말에 동의를 했다. 분명 아이작스 남작군이라 여겼다.

한데, 지금과 다르게 필사적이었다. 그럴 수 있다 여겼다. 여기가 마지막 방어선이라는 것이 직감적으로 느껴졌으니 말이다. 그런데 죽어가며 외치는 말과 의문의 눈동자로 자신을 바라보는 기사들까지.

바첼레트 경은 방금 자신이 죽인 병사를 뒤집었다. 목이 베인 시체. 그리고 돌려진 병사의 가슴에는 선명하게 보이는 엠블럼이 있었다. 베이너 남작 가문의 인장인 날개 달린 화이트 스네이크가 확연하게 눈에 들어왔다.

"플라잉 화이트 스네이크로군."

"그렇다면……."

그때였다.

말을 하면서 빠르게 주변을 훑어보던 바첼레트 경의 두 눈동자가 급격하게 커지고 있었다. 병사의 가슴에 있는 플라잉 화이트 스네이크 문양을 보다 고개를 돌려 바첼레트 경을 바라보던 프리프케 자작 역시 바첼레트 경이 바라보는 방향으로 시선을 돌렸다.

"저, 저……."

그리고 바첼레트 경과 똑같이 눈이 부릅떠지고, 말조차 제대로 하지 못하고 있었다.

콰우우우웅!

하늘이 요동치고 있었다. 마치 세상의 모든 것을 쓸어 담을 것처럼 말이다. 이 어두운 밤. 그들이 병사의 가슴에 장미 문양을 확인할 수 있도록 도움을 준 바로 그것!

버버번쩍!

쿠우~ 콰가가가강!

반경 50미터에 이르는 거대하고도 빼곡한 낙뢰가 전장의 중심으로 하늘에서 땅으로 내리꽂히고 있었다. 세상을 밝히는 빛은 결코 태양만 있는 것이 아니라는 듯이 전장 전체를 환하게 밝히면서 쉼 없이 내리꽂혔다.

"크하아악!"

"피, 피해랏!"

그와 동시에 어두운 하늘에 몇 개의 불덩어리가 솟아올랐다. 떡 벌린 프리프케 자작의 입에서 신음처럼 아픈 음성이 튀어나왔다.

"마, 마법인가?"

"……."

프리프케 자작과 바첼레트 경은 그저 멍한 상태로 쏟아지는 낙뢰의 향연과 불타오르는 화염의 폭발을 바라보고만 있었다. 전율이 일었다.

'만약 내가 저 중앙에 있었다면…….'

생각하기도 싫은 끔찍한 일이었다.

부르르.

그 둘은 자신도 모르게 몸을 떨었다. 마법의 향연이 끝이 났다. 그리고 이어지는 함성.

"우와아아아!"

"적을 죽여라~"

"돌격하라! 돌격하라!"

전면과 후면을 제외하고 양 측면의 숲에서 거대한 함성이 솟아올랐다. 그와 함께 수천의 화살이 날아올랐고, 수 개의 마법이 중앙을 향해 쏟아졌다.

"크아아악!"

"마, 막아랏!"

"방패! 방패를 들어라!"

하나, 프리프케 자작군이나 베이너 남작군은 속수무책이었다. 적을 따라잡기 위해 무거운 것은 모두 버리고 미친 듯이 추격한 덕택이었다. 방패가 없으니 화살에 맞아 죽거나 마법에 불타 죽었다.

어떤 이는 이미 마법이 떨어져 구덩이가 생긴 곳으로 뛰어들었고, 어떤 이는 죽은 시체를 들어 올려 방패를 대용했다. 방금 전까지 동료의 원수를 갚겠다며 악다구니를 쓰던 이들이 이제는 동료의 시체를 이용해 자신의 삶을 구걸하고 있었다.

"죽여랏!"

"죽엇!"

아이작스 영지군과 용병들이 전장으로 흘러들었다. 그들의 팔과 머리에는 새하얀 천이 둘러쳐져 있어 이런 짙은 어둠 속에서도 적아의 구분이 확실하게 이루어지고 있었다.

"크하하하! 내가 바로 스웬슨 패트리아스다!"

전장의 중심에 한 명이 떨어져 내렸다. 그가 떨어져 내림에 대지는 마치 지진이라도 일어난 것처럼 흔들렸고, 그가 떨어져 내린 곳 중심으로 네댓 명의 병사들이 가랑잎 떨어지듯 훨훨 날아 대지에 처박히고 있었다.

첫 등장부터 압도적인 모습을 보이며 베이너 남작군이든 프리프케 자작군이든 간에 공포스러운 모습을 보인 스웬슨. 곧이어 그는 전장에 떨어지자마자 자신의 등 뒤에 매여진 쌍부를 꺼내 들었다.

'정령 빙의(Elemental Possession), 노움(Gnome).'

'정령 소환(Summon Elemental), 노움. 대지의 갑옷(Earth Armour)!'

스웬슨은 쌍부에 대지의 정령을 빙의시켰다. 그러자 날카롭게 빛나던 쌍부가 회색빛의 투박한 모양으로 변해갔다. 겉모습만 봐서는 오히려 쌍부가 더 무더진 것으로 보일 법도 했다.

하나, 전혀 아니었다. 조금 더 단단해지고 상당히 많이 날카로워졌으며, 엄청나게 커진 쌍부를 휘두르는 스웬슨의 주변에는 아무것도 그대로 서 있을 수 없었다.

"크아아악!"

"괴, 괴물이닷!"

"주, 죽여라! 죽이란 말이닷!"

괴물이라 불릴 만도 했다. 대지의 갑옷은 그를 회색의 바위거인으로 만들어 놓고 있었으니 말이다. 또한 창을 찌르면 창이 부러졌으며, 검으로 내려치면 검이 두 동강이 났으니 당연히 괴물일 수밖에 없었다.

마치 물 만난 물고기처럼 자신을 에워싼 수백의 병사 속에서도 그 거대한 몸을 질풍처럼 움직이며 적의 주살해 나가는 모습에 프리프케 자작군과 베이너 남작군은 치를 떨었다.

그 모습은 적에게는 걷잡을 수 없는 공포로 다가갔으나 아이작스 영지군에게는 거칠 것 없는 용기를 불어 넣었다.

"허어! 과연 군무부장님이시군. 진정 한 달 만에 괴물을 길러내셨으니 말이야."

겜블 경은 먼발치에서 자신의 앞을 가로막는 병사를 아주 간단하게 베어 넘기면서 어찌 보면 공포스럽기까지 한 스웬슨의 활약을 보면서 감탄의 말을 했다.

그렇다고 해서 겜블 경이 공포스럽지 않다는 것은 아니었다. 이마 겜블 경이 휘두르는 검에 의해 죽어 나간 병사들이 부지기수였으니 말이다.

"이노옴! 죽어랏!"

그때 네 명 정도 되는 기사가 말을 몰아 겜블 경을 향해 쇄도해 오고 있었다. 그냥 보기에도 최소 익스퍼트 급으로 보이는 네 기사였지만, 겜블 경이 표정은 무척이나 여유로웠다.

익스퍼트 급과의 대전은 정말 신물이 나도록 해보았다. 자신의 휘하에는 무려 서른다섯 명의 익스퍼트가 있으니 말이다. 그리고 아이작스 남작 역시 어느새 익스퍼트 최상급의 실력을 갖추고 있으니 당연한 것이다.

그러나 불행하게도 젬블 경에게 쇄도해 오는 네 명의 기사는 그것을 알지 못한다. 그들의 생각에 네 명이면 오히려 넘치지 않을까 할 정도로 과한 대접이라고 생각할지도 몰랐다.

그러한 그들의 마음을 드러내기라도 하듯이 젬블 경을 향해 쇄도하는 네 명이 기사의 입에는 상대를 비웃는 듯한 웃음이 걸려 있었다.

스화아악!

하나, 그들은 스스로의 판단이 어떠한 결과를 가져오는지에 대하여 오래지 않아 깨달을 수 있었다. 가장 앞서 나가던 한 명의 기사가 어떻게 죽었는지도 모르게 목에서 피분수를 일으키며 말에서 떨어져 내리고 있었다.

"어헉!"

"무슨!"

"……!!"

그들은 헛바람을 일으켰다. 아주 잠깐, 극히 잠깐의 시간 그들은 지체했다. 하나, 그 잠깐의 시간 동안 또 다른 기사의 목이 떨어져 내리고 있었다.

"이이잇!"

"주, 죽어랏!"

두려움에 젖은 목소리가 흘러나왔다. 그들은 그 두려움을 없애기 위해 악다구니를 쓰며 젬블 경을 향해 쇄도했다. 하나, 이미 두려움에 젖은 그들의 검은 무뎌질 대로 무뎌져 있었다.

스걱!

찔러오는 검과 팔 그리고 몸통을 일직선으로 베어내며 지나가는 겜블 경이었다. 보고도 실로 믿을 수 없는 절대의 실력이었다. 그리고 또다시 밤하늘의 유성처럼 유려하게 움직이는 겜블 경의 방패가 날아올랐다.

스가가각!

겜블 경이 날린 방패는 자신을 쫓는 한 명이 기사를 두 조각내고, 마치 아직도 부족하다는 듯이 병사 네댓 명의 목숨을 앗아간 후 다시 겜블 경의 왼손으로 돌아왔다.

"시, 실드 마스터야!"

"마, 마스터라니……."

겜블 경이 내달리는 곳으로 자그마한 길이 생겼고, 겜블 경이 머무는 곳에 자그마한 공터가 생겼다. 그에 아이작스 영지의 병사들은 더욱더 용기백배하였고, 승리를 예감하였다.

"베이너 남작은 나서라! 아이작스 남작 가문의 기사단장인 미하일로프 겜블이 여기 있다!"

겜블 경은 전장을 달리며 소리 높여 외쳤다. 비명 소리와 병장기 부딪히는 소리가 광폭하게 어우러진 가운데 겜블 경이 외치는 소리는 전장 구석구석까지 퍼져 나갔다.

"이노옴! 존 베이너 남작 가문의 기사단장인 마크 리드가 여기 있다. 덤벼라! 너의 목을 베어주마!"

자신을 향해 말을 몰아오는 리드 경을 바라보며 겜블 경은 얼핏 미소를 떠올렸다. 중급 정도 되어 보였다. 하급으로는 자신의 상대조차 되지 않았다. 심심하다는 이야기다.

자신이 왜 이렇게 변했는지 모른다. 물론, 굳이 원인을 찾자면 아마도 자신이 마스터에 올랐기 때문일 것이다. 마스터에 오르니 더 높이 오를 곳이 보이기도 했으나, 까마득하게 올라온 자신의 위치가 보였다.

그리고 자신의 아래로 내려다보이는 모든 것이 신기하기도 했으며, 왠지 모르게 자신이 밟아온 길을 걸어올 자들을 생각하면 싱그러운 미소까지 지어졌다.

그런데 어느 순간 시들해졌다. 더 앞으로 나가고 싶었다. 이런 전장도 그렇다. 무수히 많은 병사를 죽이고, 기사를 죽이면서 비릿하게 퍼져 오는 피의 향기에 덩달아 끓어 올랐다.

그러하기에 더욱더 강한 것을 갈구하게 되었다. 병사에서 기사로, 한 명의 기사에서 둘로, 둘에서 넷으로, 그리고 그 기사들이 경지를 넘어서는 기사로. 그래서 흥겨웠다.

자신이 생각한 수준에 맞춰서 검을 휘두르고 방패로 막아갔다. 수준이 같다면 결단코 경험이나 혹은 체력에서 승부가 갈리는 것은 당연하다. 겜블 경은 그것을 원했다.

날아오는 검을 피하고 자신의 검을 찔러 넣는다. 자신의 검을 막아냄과 동시에 득달같이 검을 빗겨 쳐 올린다. 흐트러진 중심을 잡고, 방패로 공격을 흘리며 다시 검을 휘둘러 적의 가슴을 노린다.

말과 말은 가까이 붙어 연신 콧김을 내뿜으며 이리저리 움직이고 있었으며, 말 위에 탄 기사 둘은 서로를 죽이고자 굉렬한 몸짓으로 검을 움직이고, 이를 회피한다.

"후욱! 후욱! 이익! 끝장을 보자!"

상대가 절대 자신이 아래가 아니라고 생각했던지 리드 경은 기어코 자신의 검에 오러 얀(Aura Yarn.)을 시전했다.

즈지지직.

오러 리저넌스(Aura Resonance;검명)의 바로 전 단계라는 듯이 불규칙한 공명음이 터지면서 마치 실타래 여러 겹이 꼬이고 꼬인 듯한 검의 형상을 이루고 있었다.

"호오! 상급이었던가? 그것도 최상급 바로 전 단계로군."

"크흐흐흐. 이 순간 너는 나에게 죽는 것이다."

"훗! 길고 짧은 것은 대봐야 아는 것 아니겠나?"

"크하하핫. 죽여주지."

리드 경은 커다랗게 외치며 겜블 경을 향해 쇄도했다. 그는 자신 있었다. 자신이 파악한 아이작스 남작 가문의 기사단장인 미하일로프 겜블은 나이에 비해 뛰어난 성취를 보이고는 있으나 아직은 중급의 실력자였다.

또한, 마나를 시전하고 전투에 임하는 것과 마나를 시전하지 않고 전투에 임하는 것은 천양지차임을 너무도 잘 알고 있었다. 당연히 겜블보다 무려 열두 살이나 많은 자신이 체력적으로 무리일 수밖에 없었다.

하나, 마나를 시전한다면 달랐다. 12년이란 간격은 결코 쉽게 좁혀질 수 없는 간격이었기 때문이다. 그렇기에 리드 경은 자신했다. 이 일 검에 미하일로프 겜블은 반드시 목을 떨어뜨릴 것이라고.

하지만 세상의 모든 일은 중 상당 부분은 자신이 원하는 대로 자신이 조사한 대로 움직이지 않는 것이 다반사라 할 수 있었다. 그러한 보통적인 상식은 금방 모습을 드러냈다.

거칠게 미하일로프 겜블의 좌하에서 우상으로 베어 들어가는 마크 리드의 마상 장검. 하나, 마치 허깨비처럼 그 신형이 사라지며 자신의 회심의 일격을 피해 내버리는 미하일로프 겜블.

동시에 마크 리드의 눈동자가 커다랗게 떠졌다. 그의 푸른 두 눈동자에는 하늘에서 떨어져 내리는 유려한 꼬리를 자랑하는 유성이 새겨지고 있었다.

'오러… 블레이드!'

그는 보았다. 이 시대 모든 기사들의 꿈을 말이다.

그리고 그는 생각했다.

'아, 아름답다!'

아름다웠다.

자신이 죽는다는 것이 확실하지만 그러함에도 불구하고 마크 리드 경은 자신의 오러 안이 시전된 검을 자르고 자신을 향해 영원처럼 느껴질 이 순간이 너무나도 아름답게 느껴졌다.

그의 입에는 누구도 알지 못할 미소가 드리워졌다.

스걱!

그의 목이 몸에서 떨어져 내렸다. 하나, 떨어지는 그 순간에도 마크 리드 경의 얼굴에는 미소가 어려 있었다. 겜블 경은 리드 경의 마지막 표정을 분명하게 보았다.

자신이 리드 경의 목을 베고, 몸체와 떨어져 나가는 리드 경의 시선이 부딪혔다. 하나, 리드 경이 시선은 자신을 보지 않고, 자신의 검이 일구어낸 기사들의 꿈을 보고 있었다.

그에 겜블 경은 피식 웃어버렸다.

'그대는 천상 기사였던 것이로군.'

그랬다. 몸은 늙고 정신은 노회하여 베이너 남작의 정치적인 술수를 따라 충실하게 그의 명을 수행하였으나, 그는 천상 기사였다. 모든 기사들의 꿈인 오러 블레이드를 보는 순간 자신이 죽는 것임을 알고도 웃을 수 있는 그런 기사 말이다.

"베이너 남작 가문의 기사단장인 마크 리드 경의 목이 여기 있다! 복수를 원하는 자! 나를 뛰어넘으려 하는 자! 어디 있는가? 오라! 아이작스 남작 가문의 기사단장인 미하일로프 겜블이 모두 받아줄 것이다!"

"우와아아~"

겜블 경의 외침에 베이너 남작군의 사기는 급전직하할 수밖에 없었다. 베이너 남작 가문에서 가장 강한 자가 쓰러졌다. 비록 베이너 남작이 살아 있다 하나 누가 있어 그의 자리를 대신할 수 있겠는가?

한쪽이 급격하게 무너져 내렸다. 도망가는 자, 혹은 무기를 버리고 엎드려 자비를 바라는 자. 싸우자고, 적을 죽이라고 고래고래 고함을 치는 자 등 순식간에 아수라장이 되어 버린 베이너 남작군.

그러한 모습은 그들과 별반 다르지 않은 모습을 보여주고 있던 프리프케 자작군에게도 영향을 미쳤다. 그들에게는 3미터의 괴물이 있었기 때문이다. 거기에 어디서 날아오는지 모르는 저 서클의 마법이 마치 눈이라도 달린 듯 프리프케 자작군을 줄여 나가고 있었기 때문이다.

"길을 열어라!"

"명!"

프리프케 자작군의 기사들이 한데 모였다. 그들은 프리프케 자작을 중심으로 마름모꼴의 대형을 이루었고, 바첼레트 단장이 말에 긴 마상 장도를 휘두르며 하얀색 끈을 어깨와 이마에 두르고 있는 아이작스 영지군을 주살하기 시작했다.

그리고 그들이 향하는 곳은 선명하게 나부끼고 있는 아이작스 남작 가문의 인장기가 있는 곳이었다. 아이작스 남작 가문의 기사들 역시 그들이 다가옴을 알고 있었다.

"저들의 죽음을 영접한다!"

"명!"

그 중심에서 아이작스 남작이 외쳤다. 그에 그를 호위하고 있던 선임 기사 구스타프 경과 실바 경이 앞으로 나서며 창과 팔치온을 꺼내 들었고, 스무 명의 기사가 두 갈래 나뉘어져 빠르게 진격하였다.

육중한 말발굽 소리에 병사들은 급급하게 자리를 피하였다. 어차피 죽을 것이나 차마 말발굽에 밟혀 죽고 싶지는 않은 탓일 게다.

두 영지.

아이작스 남작 영지와 프리프케 자작 영지에서 가장 강력한 두 무력이 충돌해 갔다. 스무 명 대 사십 명이라는 말도 안되는 숫자였지만, 아이작스 남작 영지의 레오파드 기사단은 두려움이 애초에 제거된 것처럼 프리프케 자작의 스컬지

기사단을 맞이했다.

콰드드득! 쿠우~ 콰콰가가각!

대지의 울림이 대기와 공명했다. 그 둔중한 울림에 튼튼한 두 다리를 대지에 굳건히 박지 않는다면 중심을 잃고 쓰러질 정도로 말이다.

"크하아악!"

"죽엇!"

"승리는!"

"우리의 것이다!"

아이작스 영지의 레오파드 기사단의 입에서 승리의 외침이 터져 나왔다. 무려 두 배가 넘는 기사단을 상대하지만 그들은 자신들이 승리할 것이라 외치고 있었다.

"스컬(Skull)에 영광을!"

아이작스 가문의 레오파드 기사단에 대적하는 프리프케 가문의 스컬리지 기사단은 이미 가문을 위해 목숨을 내어놓았다. 죽음을 각오한 것이다. 죽음을 각오했다면 그만큼 힘을 얻을 수 있다.

자신의 상처 따위에는 아랑곳하지 않고, 스스로 전장에서 목숨을 버릴 각오를 했기 때문이다. 하나, 그러한 죽음에 대한 각오 역시 어느 정도 실력의 차가 있을 때에나 가능하다.

비등한 상대이거나 말이다.

그런데, 레오파드 기사단은 아니었다. 비록 스컬리지 기사단의 절반밖에 지나지 않는 스무 명이지만 그들의 실력은 이미 스컬리지 기사단을 월등히 뛰어넘고 있었다.

최하가 오러 얀이었고, 대부분이 오러 리저넌스였다. 죽음을 각오하던 스컬리지 기사단. 그들은 그들의 말대로 죽음을 보았다.

"크아아악!"

"이노오옴!"

그들의 전투는 처절했다. 하나, 그 처절함이 그들에게 승리를 가져다주지는 않았다.

"나 코튼 아이작스 데 메르힌은 예리히 프리프케 디 크레아틴에게 청컨대 명예로운 기사 대전을 원하는 바이오."

그때 전장에 외쳐지는 아이작스 남작의 외침. 이제 열아홉의 나이. 열일곱의 나이에 남작이 되어 불과 2년이 지난 지금의 시점에 있어 그는 너무나도 어린 모습의 영주였다.

하나, 그의 모습은 당당하기 이를 데 없었다. 이미 그는 한 지역을 다스리는 당당한 영주가 되어 있었기 때문이다. 그러한 아이작스 남작의 외침에 기사 간의 처절한 전투는 잠시간 멈춰졌다.

레오파드 기사단 중 그 누구라도 아이작스 남작을 말릴 법도 하건만 누구 하나 아이작스 남작을 말리는 이는 없었다.

프리프케 자작은 그러한 아이작스 남작가의 기사들의 눈을 바라보며 고개를 끄덕일 수밖에 없었다.

그들은 어리디어린 자신의 주군을 믿고 있었다. 설사 그것이 죽음이라 할지라도 그들은 아이작스 남작의 명을 받들 것이라 생각될 정도로 기사들의 눈에는 신뢰가 가득했다.

"나 예리히 프리프케 디 크레아틴은 코튼 아이작스 데 메르힌의 기사 대전을 받아들이는 바이오."

아이작스 남작이 말고삐를 쥐고 한 손에는 마상 장검을 들고 앞으로 나섰다. 그에 프리프케 자작 역시 마상 장검을 들고 아이작스 남작을 마주보며 달렸다.

카앙! 카강! 카가강!

둘의 신형이 맞붙었다 떨어지기를 여러 번. 쉽게 승부가 나지 않았다. 아이작스 남작은 젊음의 패기가, 프리프케 자작은 중년의 숙련됨이 서로의 검술을 겨룸에 있어 백중세를 유지하게 하였다.

처음은 그랬다. 그러나 조금씩 시간이 지나면서 프리프케 자작은 서서히 그 파탄을 드러내기 시작했다. 그럴 수밖에 없었다. 프리프케 자작 본인은 언제나 자신이 기사임을 강조했다.

하나, 기사임을 강조함에도 불구하고 그는 너무 오랫동안 검을 잡지 않았다. 그리고 그 누구도 그를 위해 생명의 위협을 느낄 정도로 대련하진 않았다. 그는 한 가문의 가주이니까 말이다.

처음 몇 수는 오랜 세월 동안 다져진 자신만의 검술과 전장에서 느껴지는 뜨거운 투기에 의해 자신의 본 실력보다 훨씬 상회하는 검술을 보여주었지만 최근까지 죽음을 목전에 둘 정도로 검술을 갈고 닦은 아이작스 남작에게는 크게 미치지 못하였다.

다수 대 다수의 전투이든 일대일의 전투이든 비슷한 실력이라면 승부를 가르는 것은 경험과 체력이다. 그러한 면에서 아이작스 남작은 프리프케 자작을 앞지르고 있었다.

현재의 국면을 반전시키기 위하여 전신의 마나를 쥐어짜 오러를 시전하는 프리프케 자작. 하나, 그는 이미 아이작스 남작의 상대가 아니었다.

쉬아앙! 카가가각!

"크흐흡!"

아이작스 남작의 검과 프리프케 자작이 검이 부딪혀 가면서 눈부신 빛이 터져 나왔다. 그리고 이어지는 날카롭고 둔탁한 소리.

"주, 주군!"

그때 프리프케 자작군의 단장인 바첼레트 경이 부리나케 검을 빼 들고 말에서 훌훌 떨어져 내리는 프리프케 자작을 보호하기 위해 나섰다.

쉬아악! 카아앙!

떨어지는 프리프케 자작을 향해 검을 휘두르던 아이작스 남작의 날카로운 검을 바첼레트 경이 막아내었다. 하나, 뒤로 물러난 것은 아이작스 남작이 아닌 바첼레트 경이었다.

기사 대 기사로서 전투에 검을 들고 끼어드는 것도 있을 수 없는 것이거늘 그러함에도 불구하고 자신이 밀렸다는 것을 아는 탓이었다. 둔중한 충격이 자신이 손목을 타고 어깨까지 전해졌다.

'어쩌면 어려울지도…….'

바첼레트 경은 아이작스 남작의 검을 받아내며 작금의 상황을 그리 판단하였다. 순간 바첼레트 경의 시선이 전장을 쓸어보았다. 두세 배에 이르는 병력임에도 불구하고 아이작스 영지군을 맞섬에 있어서 오히려 밀리고 있다는 생각이 들었다.

그 와중에 가장 눈에 뜨이는 것은 역시 마치 물 만난 물고기처럼 사방을 휘젓고 다니는 3미터에 이르는 거구의 사내였다. 한 번 휘두름에 한 명이 죽어가는 것이 아니라 한 번 휘두름에 최소 서너 명의 병사가 죽어나갔다.

바로 괴물 같은 신력을 자랑하는 스웬슨이었다. 스웬슨을 한참 바라보던 바첼레트 경은 이내 시선을 거두어 들여 자신의 눈앞에서 담담하게 서 있는 아이작스 남작을 바라보았다.

그리고 그 너머 기사들도 보았다. 결투의 상대가 바뀌었음에도 불구하고 아이작스 남작 가문의 기사들은 전혀 동요가 없었다. 다만, 더 이상의 병력이 접근하지 못하도록 주변을 정리할 뿐이었다.

"누군가?"

말에서 떨어져 정신을 잃은 프리프케 자작을 일별한 아이작스 남작이 아무렇지도 않다는 듯이 바첼레트 경을 바라보며 물었다. 그 모습이 어찌나 당당하던지 바첼레트 경은 자신도 모르게 감탄성을 내뱉었다.

나이답지 않은 모습이었다. 이제 겨우 열아홉 살일진대 경험을 무시하는 검술과 전장의 상황에도 전혀 흔들림 없는 자세에 절로 나오는 감탄성이었다. 그리고 더하여 그의 얼굴은 더욱더 딱딱해져 갔다.

"프리프케 자작 휘하 스컬리지 기사단의 단장인 알베르토 바첼레트라 합니다."

"항복하겠나?"

아이작스 남작이 물었다. 그 물음에 숨이 턱 막히는 것 같은 느낌을 받은 바첼레트 경이었다. 너무 싸늘했다. 너 따위는 내 상대가 되지 않는 듯한 기세가 담겨져 있었다.

"허락도 구하지 않고 기사 대전에 참여한 것에 대해서는

죄송하게 생각하나, 기사로서 항복이란 말을 입에 담을 생각
은 없소."

바첼레트 경의 말에 싸늘하게 입꼬리를 말아 올리는 아이
작스 남작이었다. 그럴 줄 알았다는 듯이 말이다. 분노할 법
도 했다. 하나 아이작스 남작은 분노하지 않았다.

문득 아이작스 남작의 시선이 칠흑처럼 어두운 하늘로 향
했다. 그에 바첼레트 경 역시 자연스럽게 아이작스 남작이 향
하는 어두운 하늘로 향했다.

그러한 그의 눈동자에 무언가 반짝이는 것이 보였다.

'별인가?'

하지만 이내 부정할 수밖에 없었다. 달은 구름에 가렸고,
아직도 전장에는 함박눈이 날카로운 바람과 함께 몰아치고
있었다. 그러한 상황에 별이 보일 리 없었다.

'하면, 뭐지?'

궁금했다. 그 궁금증 덕분에 전투 중임에도 불구하고 바첼
레트 경의 눈은 여전히 하늘에서 쏟아져 내려오는 유성을 바
라보고 있었다. 순간 바체레트 경의 눈이 커졌다.

'별? 유성? 점점 커져?'

별이라 생각했다. 그러다 유성이라 생각했다. 그러는 순간
점점 커지더니 종내에는 눈부신 빛이 되었다.

쿠구구구구궁!

대기가 진동했다. 전투를 하던 병사들과 기사들은 갑작스럽게 진동하는 대기음에 저도 모르게 전투를 멈추고 이 대단한 대기음의 진원지를 찾았다.

"어?"

"저, 저기!"

병사들과 기사들이 하늘을 쳐다보았다. 빛이 있었다. 너무 밝은 빛. 너무 밝아 도저히 눈을 뜨고는 볼 수 없는 빛. 그래서 깜깜한 밤임에도 손을 들어 눈을 가려야만 할 정도의 빛이었다.

빛이 점점 커졌다.

"어, 어……."

"……!!"

그리고 마침내 하늘에서 지상으로 떨어져 내리던 빛이 대지와 충돌하는 그 순간이었다.

쿠드드— 콰카가가각! 콰가가강!

대지와 충돌한 빛이 터졌다. 그 터진 지점을 중심으로 사방으로 둥글게 원을 그리며 빛이 퍼져 나갔다. 또한 그 빛과 함께 지독히도 뜨거운 바람이 불었다.

"크하아악!"

"사, 살려……."

"피, 피……."

부서져 내렸다. 녹아 내렸다. 가루가 되어 바람과 함께 사라졌다. 그 뜨거운 바람과 밝은 빛에 닿는 모든 것이 그렇게 사라져 갔다. 무려 500미터. 빛과 뜨거운 바람이 휩쓸고 간 반경 500미터의 공간에 서 있는 프리프케 자작군과 베이너 남작군의 병사는 없었다.

다만 아이작스 남작군의 병사들과 기사들만 제대로 서 있었다. 아이작스 남작군은 물론 이 전장에서 전투를 하던 모든 이들이 빛과 뜨거운 바람이 중심을 바라보았다.

그곳에는 한 명이 있었다. 3미터가 넘는 창의 창두(槍頭)를 대지에 깊숙이 박고, 고개를 숙인 채 무릎을 꿇고 있는 한 사내가 있었다. 어둠 속에서도 확연하게 들어오는 백색의 머리카락이 하늘로 하늘하늘 솟구쳐 오르고 있었다.

"제논… 패트리아스."

그의 이름은 아이작스 남작으로부터 안톤 경으로부터 겜블 경으로부터 혹은 그를 알고 있는 아이작스 남작 가문의 제1기사단의 입에서 흘러나왔다.

"어따~ 성님도 참 화려허게 등장허네."

그리고 마지막으로 제논의 존재를 알고 있는 스웬슨까지. 하나, 그를 모르고 있는 이들은 그 절대적인 존재감과 무력에 입을 떡 벌릴 수밖에 없었다. 그는 이미 인간이 아니었기 때문이다.

그러는 사이 제논이 대지에 박았던 창을 서서히 뽑아 올리며 일어서고 있었다. 그리고 외쳤다.

"우와아아악!"

마치 세상에 자신의 존재를 알리듯이 커다란 외침이었다. 그 외침은 밤하늘의 캄캄한 정적은 물론, 세상을 감싸고 있는 차가운 눈보라까지 헤치며 세상에 그 존재감을 드러내는 일 같이었다.

털썩!

한 명의 병사가 다리에 힘이 풀렸는지 그대로 주저 앉아버렸다. 그러자 마치 전염병이 퍼져 나가듯이 사방에서 그대로 주저앉는 소리가 들려왔다. 완벽하게 전의를 상실한 모습이었다.

베이너 남작 가문의 병사와 기사들 그리고 프리프케 자작 가문의 기사들과 병사들까지 말이다. 그 모습을 바라보던 바첼레트 경은 자신의 손에 쥐고 있던 검을 흘깃 바라보았다.

그리고는 이내 검을 차가운 겨울의 대지에 던졌다.

"항복하겠소."

"훌륭한 선택이오."

아이작스 남작은 선선히 항복을 받아주었다. 그리고 외쳤다.

"승리했다. 우리는 승리했다. 승리의 함성을 질러라. 겨울

밤이 눈 폭풍을 뚫고 봄의 전령에게 우리의 승리를 전하라!"

"우와아아아! 승리했다."

"이겼다아~"

"만세! 만세~"

결국 아이작스 남작 가문은 승리했다. 프리프케 자작과 베이너 남작의 연합 전선을 깨뜨리고 말이다.

그리고 아이작스 남작 가문의 전 병력이 승리의 함성을 외치는 바로 그 시각. 제논의 포효를 들은 이들이 있었다.

부르르르.

한 사내.

붉은 눈동자와 창백한 안색, 그리고 깔끔하게 뒤로 넘긴 머리를 한 자가 손을 부르르 떨었다. 그와 동시에 그는 불현듯 자신이 앉아 있는 의자 옆에 놓여있던 할버드를 잡아갔다.

꾸우욱!

할버드를 잡은 사내의 손이 가늘게 떨었다. 냉정하게 굳어진 사내의 얼굴에는 분노 혹은 의혹이 떠오르기 보다는 두려움이라는 감정이 떠올랐다. 그는 바로 헤밀턴 공작 가문의 손님으로 있는 마커스 그레이븐이었다.

그가 떨리는 몸을 진정시키고 부단한 결심으로 의자에서 일어났다. 그리고 앞으로 걸어 나갔다. 그가 문을 열려는 순간 문이 먼저 열리고 있었다. 그 문을 열고 들어선 자는 헤밀턴 공작이었다.

헤밀턴 공작 역시 무기를 지참하고 있었다. 이미 마스터의 경지에 이른 그조차도 두려움을 느끼고 저택에서는 좀체 패용하지 않던 자신의 애병을 패용하고 마커스 그레이븐을 찾은 것이었다.

"…느꼈나?"

먼저 입을 연 것은 마커스 그레이븐이었다. 그의 물음에 헤밀턴 공작은 무겁게 고개를 끄덕였다. 아득히 먼 곳으로부터 전해져 오는 마나의 파동. 그것은 단순한 마나의 파동이 아니었다.

"누군가 우리를 부르는 거나 혹은……."

"혹은?"

"…경고겠지."

헤밀턴 공작의 말에 자신도 모르게 고개를 끄덕인 그레이븐이었다. 거대한 마나의 파동은 광폭하게 자신들을 부르고 있었다. 그리고 경고하고 있었다. 전신의 바늘 끝 같은 돌기를 일으키고, 가슴 깊숙한 곳에서부터 전해져 오는 태초의 공포를 자극하면서 말이다.

"그는… 누구일 것 같나."

그일지 그녀일지 모를 일이었다. 하나, 헤밀턴 공작은 그라고 했다. 자신에게 전해져 오는 그 광폭한 울부짖음의 근원은 분명 그였다. 그 자신도 몰랐다. 도대체 그가 어떤 사람인지를 말이다.

아니 사람이 아닐지도 몰랐다. 하지만 뚜렷하게 각인되어 있었다. 그라고, 그리고 기다리라고. 살이 떨렸다. 지난 30년간 한 번도 이런 적은 없었다. 그것은 자신이 앞에서 무거운 얼굴로 붉은 눈동자를 드러내고 있는 자 역시 마찬가지일 것 같았다.

"후우~"

길게 숨을 토해내는 마커스 그레이븐이었다. 그러다 문득 자신의 손과 헤밀턴 공작의 허리춤을 바라보게 되었다. 무기가 들려 있었다. 평소에는 그저 허전해서 멋으로 들고 다녔던 무기가 들려 있었다.

"돌아가 보겠네."

그에 헤밀턴 공작이 딱딱하게 말을 하고 돌아섰다. 현재로서는 딱히 어찌해 볼 방법이 없었다. 그의 존재만 알 뿐. 그가 어떤 존재인지도 모르는 실정이니 할 수 있는 방법이 없었다.

다만, 예의 주시할 방법밖에 없었다. 그것을 알기에 헤밀턴 공작은 돌아선 것이었다. 또한 자신이 잠시지만 두려움을 느꼈다는 것에 대해 수치심을 느끼고 있었다.

그것은 마커스 그레이븐 역시 마찬가지였다.

'이 내가, 이 천하의 마커스 그레이븐이 두려움을 느껴?

마커스 역시 자신이 두려움을 느꼈다는 것에 대하여 분노하고 있었다. 한 번도 없었다. 단 한 명, 자신을 거두어들인 절대의 존재이자 일족의 어버이를 제외하고는 한 번도 느껴 본 적이 없었다.

마커스는 아직도 가늘게 떨고 있는 왼손을 들어 보았다. 그는 한참 동안이나 여전히 떨고 있는 자신의 손을 바라보았다. 그나마 오른손은 글레이브를 잡고 있기에 그 떨림이 덜했다.

덜덜덜!

"젠장!"

마커스의 입에서 어울리지 않는 말이 튀어나오고, 항상 조각같이 차가운 아름다움을 간직하고 있던 그의 얼굴이 흉물스럽게 일그러졌다.

비단 그들만이 제논의 포효를 들은 것은 아니었다. 자신의 고향과 자신의 가족과 모든 연을 끊어버리고 매몰차게 공작 가문의 정문을 나서 이미 어느 산중을 말을 달리고 있는 클라렌스에게도 전해졌다.

"워어! 워어!"

클라렌스 말에 가하는 채찍질을 멈추고 고삐를 잡아챘다. 그녀의 감각에 광폭한 포효가 걸려들었다. 그리고 그녀는 본능적으로 이 포효가 무엇을 의미하는지 알 수 있었다.

"화가… 난 건가요?"

클라렌스는 느낄 수 있었다. 이것은 경고이자 분노의 표출이라는 것을 말이다. 그리고 이 경고가 결코 경고로만 그치지 않을 것임을 알 수 있었다. 그는 그것을 위해 다시 세상으로 뛰어들었으니 말이다.

"하아~ 얼마나 많은 피가 흐를 것인가?"

그녀는 그것이 걱정이었다. 만약 헤밀턴 공작 가문의 실체를 몰랐다면 클라렌스가 이러한 걱정은 할 필요가 없었을 것이다. 하지만 그 실체를 알았다. 그 뿌리까지 모두 말이다.

밤의 일족과 달의 일족.

그들과 싸워야만 하는 제논이었다. 물론, 이 세상에서 제논의 능력을 가장 잘 알고 있는 것은 클라렌스였다. 그러하기에 두려웠다. 그의 분노가 어디까지 갈지 말이다.

그러다 문득 클라렌스의 안색이 딱딱하게 굳어지면서 마치 얼음처럼 싸늘한 목소리가 흘러나왔다.

"나오라!"

조금 전과 전혀 다른 기세. 차가운 북풍한설이 그녀를 감싸돌고 있는 듯한 느낌이 들 정도였다. 그러한 그녀는 자신의 전면을 뚫어지게 바라보며 말을 하고 있었다.

"나오지 않는다 해도 죽는 것은 마찬가지이다."

그러자 숲의 어둠이 움직였다.

"켈! 절대 평범하지 않군."

그녀의 앞에 나타난 자들은 대략 스물다섯 명이었다. 다섯 명은 180센티미터 정도의 키에 날씬하며 창백한 피부와 날카로운 인상을 지닌 자들이었고, 그들의 뒤에 있는 스무 명은 전형적인 기사들의 몸을 지니고 있었다.

"헤밀턴 대공자인가?"

"허어~ 이런! 가문과 일족을 버렸다 하더니 그 말이 사실인 모양이로군."

"용건은 역시 제거겠지?"

"똑똑하군."

가장 앞에 서 있는 자.

그자가 열아홉의 사내를 이끄는 것 같았다. 다른 이들과 다르게 차분했다. 다른 이들은 무언가 잔뜩 기대한다는 듯이 얼굴이 상당히 상기되어 있었지만 그들을 이끄는 것으로 보이는 자는 달랐다.

"게오르그라고 합니다만."

"알겠지만 클라렌스. 성은 버려서 없군."

"하아~ 마지막 권고를 해보라 하더군요."

클라렌스는 멀뚱하게 게오르그를 바라보았다. 그리고 그 붉은 입술을 움직였다.

"그 권고, 거절하지요."

"어째서입니까?"

게오르그는 클라렌스에게 물었다. 이것은 인간에게 있어서 결코 거부할 수 없는 유혹이었다. 영생이라는 것은 말이다. 그런데 클라렌스는 그것을 거부하고 있었다.

"내가 인간으로 보이나요?"

클라렌스가 물었다. 그에 게오르그는 약간 흠칫한 표정을 지었다. 그리고 신중하게 클라렌스를 살폈다. 하나, 그 어떤 다른 점도 찾아볼 수 없었다.

"놀리시는 겁니까?"

게오르그는 불편한 표정을 지었다. 그래도 일족의 최상층에 속하는 자의 자식이기에 최대한 예를 갖추기는 했지만 자신을 조롱하는 것이라면 결코 참지 않을 것이었다.

그리고 지금 게오르그가 생각하기에 클라렌스는 자신을 농락하고 있었다. 그에 게오르그의 음성이 싸늘해지고 그렇지 않아도 창백한 표정이 더욱더 창백해지고 있었다.

분노하고 있다는 증거였다. 그러한 난폭한 감정을 드러내는 게오르그를 바라보며 클라렌스 역시 싸늘한 미소를 머금었다. 게오르그의 눈에 비친 그녀의 미소는 분명 경멸을 담고 있었다.

"죽여!"

게오르그의 말이 떨어졌다. 더 이상 설득할 수 없을 정도로 확고한 신념을 지니고 있었고, 거기에 자신에게 모욕감을 줬으니 더 이상의 대화는 의미가 없었다.

게오르그 주변 네 명의 창백한 자를 제외하고 열다섯의 인원 중 한 명이 급작스럽게 튀어나와 클라렌스를 향해 쇄도 했다. 그를 제외한 네 명은 만일을 대비함인지 클라렌스를 에워싸고 있었다.

클라렌스를 향해 쇄도하는 사내는 이내 변신을 시작했다. 긴 주둥이와 날카로운 송곳니, 그리고 역으로 꺾인 무릎과 길게 자라난 강철 같은 손톱까지……. 라이칸 슬로프였다.

"어리석은……."

클라렌스는 그저 그렇게 담담하게 말을 할 뿐이었다. 그리고 손을 들어 다가오는 라이칸 슬로프를 바라보며 나직하게 외쳤다.

"마나 휩(Mana Whip;마나의 채찍)!"

마나 블레이드와는 또 다른 경지의 마법이었다. 투명하게 빛나며 자라난 마나 휩은 근 5미터에 가까웠다. 하나, 스스로 해야 할 일을 알고 있다는 듯이 다가오는 라이칸 슬로프를 향해 날카로운 이빨을 드러내었다.

클라렌스를 향해 쇄도하던 라이칸 슬로프의 뇌리에는 붉은 경고등이 번쩍이기 시작했다.

'이건 위험하다!'

본능적으로 위험하다는 것을 느낀 라이칸 슬로프는 슬쩍 몸을 틀어 자신을 향해 쇄도해 오는 채찍을 피하려 했다. 하나 마나 휩은 마치 그럴 줄 알았다는 듯이 그 날카로운 머리를 틀어 여전히 무시무시한 속도로 다가오고 있었다.

"이익. 크하아아앙!"

화가 났다. 고작 마나 휩 따위에 혹은 일족의 제의를 무시한 인간 여인 따위의 마법에 자신이 움츠러드는 것이 말이다. 그에 피하는 것을 그만두고 일직선으로 클라렌스를 향해 쇄도하려 몸을 틀려는 순간이었다.

퍼억!

무언가 섬뜩한 것이 자신이 미간을 꿰뚫고 지나가는 것을 느꼈다. 온몸에 짜릿한 전율이 흘렀다. 클라렌스를 향해 쇄도하던 라이칸 슬로프의 변신이 풀렸다. 그리고 이내 축 쳐졌다.

꼿꼿하게 선 마나 휩.

그 마나 휩의 촉수 끝에는 진득하고 비릿한 향의 무언가가 방울져서 떨어져 내리고 있었다.

"밤의 일족과 달의 일족이라. 분명 영생은 인간이 바라는 것이지만 인간은 그 가진 바 삶이 짧기에 인간이라 불리지 않을까? 아등바등 서로 싸우면서 살지만 인간은 그대들이 가지지 못한 무엇을 가지고 있기에 인간이다. 또한, 그러하기에

이 대륙을 그대들이 아니라 인간이 지배하는 것이다."

차가운 말을 내뱉은 클라렌스는 마나 휩을 휘둘러 변신이 풀려 축 쳐진 사내를 털어내 버렸다. 마치 쓸모없는 고깃덩이를 버리듯 말이다. 그에 그녀를 둘러싸고 있는 라이칸이나 그것을 보고 있는 다섯 명의 사내는 말도 할 수 없을 만큼의 치욕감을 느끼고 있었다.

"죽인닷!"

남아 있는 라이칸들이 클라렌스를 향해 쇄도했다. 그러한 그들을 바라보며 클라렌스는 미묘한 웃음을 지었다. 불쌍하다는 듯, 혹은 비웃는 듯한 그러한 웃음이었다.

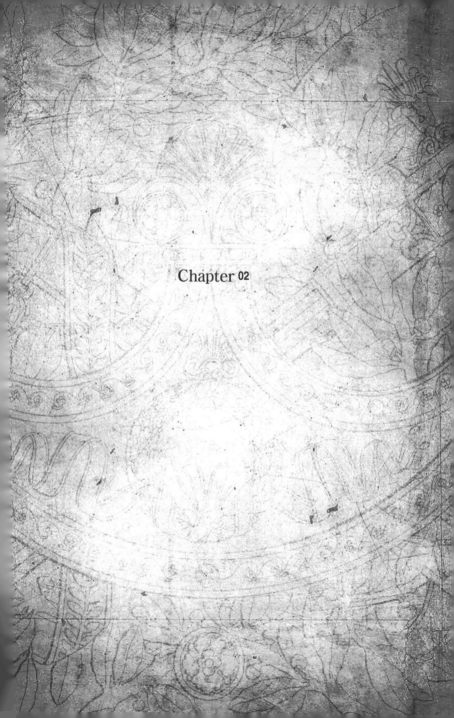

Chapter 02

클라렌스는 자신을 향해 쇄도해 오는 달의 일족인 라이칸들을 비웃었다. 또한, 자신의 전력을 제대로 파악조차 하지 못한 밤의 일족을 비웃었다. 하나, 결코 자만하지 않았다.

　그리고 가문 전체가 밤의 일족이 되어 어렸을 적의 추억은 물론, 자신이 돌아가야 할 고향마저 사라진 것에 대해 분노하고 있었다. 그 덕분이었다. 그저 7서클에 머물러 있던 클라렌스는 지금 이 순간 8서클의 문턱에 발을 디디고 있었다.

　클라렌스는 자신의 마나를 개방했다. 거리낄 것 없기 때문이었고, 용서할 수 없기 때문이었다. 그녀의 눈동자가 붉게 물들었고, 그에 따라 그녀의 주변은 붉은 마나가 넘실거리기 시작했다.

쿠구궁!

"어억!"

"무슨……."

갑작스럽게 몸이 무거워진 라이칸과 전신을 짓누르는 압력에 해연이 놀라는 창백한 안색의 밤의 일족들이었다. 그때 그들의 귀로 클라렌스의 나직한 경고성이 들려왔다.

"후회하게 해주마."

쒜에엑!

마나 휩이 뱀처럼 영활하게 움직였다.

"케에엑!"

그리고 라이칸 한 명의 이마가 꿰뚫리면서 절명했다. 이마가 꿰뚫렸다 해서 라이칸은 죽지 않는다. 그것조차도 회복이 가능하기 때문이었다. 그런데 라이칸은 죽었다. 라이칸이 아닌 사람의 모습으로 서서히 돌아오고 있었다.

그 말은 클라렌스의 마나 휩에 의해 라이칸의 뇌가 완전히 박살 났다는 것을 의미했다. 뱀파이어들은 물론이고 라이칸들까지 놀랐다. 하나, 그들은 놀라고만 있지는 않았다.

"다크 스피어!"

"다크 볼케이노!"

"죽엇!"

마치 생사대적을 만난 듯 그들은 한꺼번에 공세로 전환하고 있었다. 그들은 순간적으로 뇌리를 파고드는 경고등에 빠르게 반응하면서 근접으로는 라이칸들이 촘촘하게 공간을 메우고 달려들었으며, 밤의 일족들은 원거리에서 그들 특유의 암흑 마법을 난사했다.

하지만 그러한 그들의 모습에 그저 싸늘한 미소만을 띄우고 있는 클라렌스였다. 그리고 그녀의 입에서 날카로운 외침이 터져 나왔다.

"베리어!"

"라이트닝 레인(Lightning Rain)!"

콰하아! 콰자자자작!

6서클 마법을 시전함에 있어 스펠조차 필요 없었다. 그녀의 몸 주위에 투명한 막이 생성됨과 동시에 그녀를 주변으로 반원 20미터에 마치 비가 오듯이 뇌전이 떨어지기 시작했다.

"크아아악!"

"물러나!"

"젠장! 다크 실드!"

그녀를 향해 쇄도하던 라이칸 중 절반이 뇌전에 맞아 그대로 통구이가 되어버렸다. 그나마 대기하고 있던 라이칸들은 황급하게 회피 기동을 했고, 뱀파이어들은 다급하게 외치며 뒤로 몸을 날렸다.

"피하려는 것이더냐? 피할 수 있다고 생각하는 것이더냐? 죽어야 할 것이다. 홀드! 에너지 서클(Energy Circle:하늘에서 떨어진 두 개의 벼락이 회전을 하며 50미터를 휩쓸어버리는 6서클 마법)."

클라렌스가 마녀가 되었다. 그녀의 눈은 점점 붉어지고 있었고, 그녀의 날카로운 외침은 그들에게 죽음을 선사하고 있었다.

"캐, 캔슬!"

밤의 일족들은 당황했다.

"아, 안 돼!"

밤의 일족과 달의 일족.

그들은 보았다.

하늘에서 떨어지는 두 개의 거대한 뇌전을 말이다. 그리고 점점 주변으로 확산되어 가며 방원 50미터를 완벽하게 점유해 살아남은 라이칸과 밤의 일족들을 휩쓸고 지나가는 모습을 말이다.

꽈과가가강! 빠직! 빠지지직!

"크하아악!"

커다란 외침이 일었다. 몇몇은 비명조차 지르지 못하고 그저 입만 쩍 벌린 상태로 그대로 뇌전에 직격당하여 시꺼먼 시

체만이 남았을 뿐이었다. 그 와중에 움직임을 봉쇄당한 밤의
일족들은 필사적으로 외치고 있었다.

"다, 다크 실드!"

하나, 허사였다. 그들이 가진 어둠의 마력이 얼마나 많은지
는 모르나 지금 이 순간 8서클의 벽을 허물고 있는 클라렌스
의 절대적인 마력이 담긴 6서클의 에너지 서클은 결코 그들
이 감당할 수 있는 마법이 아니었다.

"커허억!"

다크 실드를 남발하며 클라렌스의 마법에 대항하던 다섯
명의 밤의 일족의 입에서 단발마가 터져 나왔다. 그리고 눈을
크게 홉떴다. 그것을 끝으로 스물에 달하는 라이칸과 그들을
통제하던 다섯 밤의 일족은 모두 죽음을 맞이하였다.

빠직! 빠지직!

스물다섯의 목숨을 앗아가고도 여전히 부족했는지 에너지
서클의 여운이 남아 클라렌스 주변을 휘돌며 날카로운 이빨
을 드러내고 있었다. 클라렌스는 말이 없었다.

다만, 자신의 두 손을 바라보고 있을 뿐이었다. 그녀의 양
손은 가늘게 떨고 있었다. 약간은 창백해진 그녀의 얼굴. 그
녀는 무엇인가가 마음에 안 든다는 듯이 입술을 잘근잘근 씹
고 있었다.

"후우~"

그리고 마침내 길게 한숨을 내쉬었다. 가늘게 떨던 양손은 툭툭 털어 진정시키면서 주변을 둘러보았다.

"디그!"

그녀의 한마디에 커다란 구덩이가 생겨났다.

"드래그!"

검게 타버린 스물다섯 구의 시신을 끌어 당겨 자신이 파놓은 구덩이에 던져 넣었다.

"파이어!"

불타올랐다. 활활 타올랐다. 살은 물론이고 뼈까지 모두 불에 타 종내에는 한 줌의 재밖에 남지 않았다.

"클로우즈!"

파놓은 구덩이를 다시 흙으로 덮어버린 클라렌스. 그러함에도 여전히 그녀의 얼굴은 밝지 못했다.

"이제 그만 나와요."

그때 클라렌스는 자신의 정면을 바라보며 입을 열었다. 그에 어둠 속에서 박쥐가 날아들었다. 그리고 한 명의 사람이 그녀의 앞에 서 있었다. 클라렌스의 눈동자가 흔들렸다.

"오랜… 만이라고 해야 하나요?"

"그래, 오랜만이지."

여자였다. 둘은 서로를 바라보며 한동안 말없이 서 있었다. 먼저 입을 연 것은 클라렌스였다.

"…언니도 역시……."

"그렇게 되었다."

또다시 대화가 끊어졌다. 하나, 그들의 시선 속에서는 무수히 많은 대화가 오고가고 있었다. 애증도 있었고, 가여움도 있었으며, 광폭함도 있었고, 미안함도 있었다.

"그가 돌아왔어."

"……!!"

클라렌스의 말에 언니라 불리는 여인은 눈이 크게 떠졌다. 몰랐다는 듯이.

"그는… 잘 있더냐?"

"건강해. 그리고 그는 곧 언니 앞에 모습을 드러낼 거야."

"무슨……?"

모습을 드러낸다는 말. 그 말이 무슨 말인지 이해를 못한 여인이었다.

"그의 가문을 몰락시킨 것은 우리 가문이라는 것을 언니 역시 알고 있을 거야. 하지만 그의 가문이 몰락할 때 가장 크게 기여한 가문은 형부의 가문이야. 가장 친한 친구의 등을 찌르고 왕국의 검으로 탈바꿈했으니까."

"……."

클라렌스의 언니이자 현 코린 왕국의 검이라 하면 오브레임 후작 가문일 것이다. 그 가문의 안주인이라면 헤밀턴 공작 가문의 일 공녀인 크리스티나 오브레임은 살포시 인상을 찌푸리며 말이 없었다.

"복수를 한다고 하더냐?"

끄덕.

클라렌스는 고개를 끄덕였다. 그에 크리스티나 오브레임 후작 부인은 더욱 인상을 찌푸리며 입을 열었다. 그녀의 얼굴은 조금은 불안해 보였다. 하나, 과거의 그녀가 사랑했던 이에 대한 근심이 아님을 클라렌스는 알 수 있었다.

"그게 가능할 것이라 생각하더냐?"

크리스티나의 물음에 말없이 그녀를 바라보는 클라렌스였다. 그녀의 마음속에는 여러 가지의 상념이 휘몰아치고 있었다.

"언니는 그에 대해 어떤 감정을 가지고 있는 거지?"

"30년 전의 일이다. 그저 한 줄기 인연의 끈을 잡고 있는 이로서 그의 몸부림이 안타까울 뿐이야."

너무나도 담담한 크리스티나의 답에 클라렌스는 가늘게 몸을 떨었다. 아무런 감정조차 느껴지지 않는 언니의 대답에 무언가 가슴을 답답하게 하고 지극한 차가움에 몸이 얼어붙는 듯한 느낌이 들었다. 가슴 한쪽 구석이 꽉 막힌 듯한 그런 느낌말이다.

"벌써 잊어버린 거였어."

클라렌스는 나직하게 혼잣말처럼 되뇌었다. 과거의 청순하고 아파하던 언니는 보이지 않았다. 그녀는 이미 밤의 일족의 수위를 차지하는 위치에 있었고, 인간으로서의 감정을 가지지 않은 밤의 일족일 뿐이었다.

클라렌스의 자족적으로 외친 나직한 음성을 들은 크리스티나. 그녀는 조금은 얼굴을 찌푸렸다. 하나, 이내 원래의 무표정하고 퇴폐적인 미소를 떠올리며 입을 열었다.

"오늘은 그냥 보내주마. 나의 인간이었던 시절 가장 사랑했던 동생이기에."

그녀는 클라렌스에게 그렇게 말을 했다. 그러한 그녀를 측은하다는 듯이 바라보는 클라렌스였다. 왠지 모르게 측은해 보이는 자신의 언니였다. 그러한 클라렌스의 심정을 알았을까?

약간은 격양된 크리스티나의 음성이 클라렌스의 귓등을 때렸다.

"그 눈빛은 무엇을 의미하는 것이냐? 나를 동정하는 눈빛 따위는 용서할 수 없음이다."

언니인 크리스티나의 날카로운 음성이 들렸음에도 클라렌스는 신형을 돌리지도 않고 그저 밤하늘을 바라보며 독백처럼 한탄을 했다.

"이제 나에게는 아무도 없는 거구나."

클라렌스는 그 말을 남기며 걸음을 옮겼다. 그에 크리스티나의 눈가가 가늘게 떨렸다. 이상하게 무언가 떨어져 나간 것 같은 공허함이 들어서였다. 가문 전체가 밤의 일족이 되었을 때에도 이렇지 않았다.

그런데 고작 동생 한 명 때문에 이런 감정을 느끼는 것이 이상했다. 그때 클라렌스가 그녀의 옆을 스쳐 지나갔다. 그러며 클라렌스는 가볍게 속삭이듯 입을 열었다.

"그는 용서하지 않을 거야. 헤밀턴 가문이든, 오브레임 가문이든, 밤의 일족이든, 달의 일족이든."

그렇게 그녀가 자리를 벗어났다. 잠시 멍한 상태에 있던 크리스티나는 찬바람이 불도록 빠르게 몸을 돌이켜 클라렌스를 부르려 했다. 하나, 아무도 없었다. 그에 눈동자가 급속하게 팽창되어 가는 크리스티나였다.

"내가 너를 놔준 것이 아니라 네가 나를 놔준 것인가?"

싸늘한 음성이 크리스티나의 입에서 흘러나왔다. 그녀가 그렇게 말한 연유는 그 짧은 시간 자신의 이목과 감각을 완벽하게 속인 클라렌스의 행위 때문이었다.

아무리 기척을 지운다 해도, 진혈의 뱀파이어가 된 자신의 이목을 속인다는 것은 있을 수 없는 일이었다. 기사로서는 마스터, 마법사로서는 7서클의 대마도사가 아니라면 말이다.

한데, 그 짧은 시간에 클라렌스는 완벽하게 기척을 숨기고 있었다. 크리스티나는 그 무서운 심계에 잘게 몸을 떨었다. 어쩌면 자신은 선택을 잘못했을 수도 있었다.

하나, 이미 돌이키기에는 늦었음도 알았다. 그저 다시는 그녀와 대면하지 않기를 바랄 뿐. 그렇게 느끼고 있었다. 다음에 만나면 필히 좋은 얼굴로 볼 수 없을 것이라는 그런 막연한 감각 말이다.

* * *

영지전은 승리로 끝이 났다.

세 개의 영지 중 잘만 영지와는 동맹을 맺고, 그 증표로서 크레아틴 영지의 절반을 뚝 떼어서 잘만 영지에 넘겼다. 그리고 아이작스 남작은 악슘 영지와 크레아틴 영지 절반을 꿀꺽 삼켜 졸지에 백작 못지않은 넓은 영지를 가지게 되었음은 말할 필요도 없을 것이다.

그래서 아이작스 영지는 바쁘게 돌아갔다. 군 편제도 바꾸고, 행정 편제도 바꾸고, 교육 편제 및 넓어진 영토만큼 많아진 영지민을 다스리기 위해 밤낮 없이 돌아가고 있었다.

그러한 와중에 코린 왕궁에서 사신이 도착했다. 국왕의 교지를 가지고 온 것이었다.

최초 아이작스 남작이 작위를 계승할 때에 인편은 물론이고, 그 어떠한 사람도 오지 않은 반면 백작에 준하는 영지를 가지게 되니 그 대우부터 달라지고 있음이었다.

그들은 임명장과 함께 작위 증명서를 가지고 도착한 사신들이었다. 내무성의 내무대신 휘하에 있는 영지관리부의 부장으로 있는 스테판 드류 자작과 왕실 근위 제3기사단이 함께 왔다.

내용은 영지전의 승리를 축하하며 영지전으로 획득한 모든 재화를 인정하며, 아이작스 남작을 아이작스 백작으로 승작시킨다는 것이었다. 그에 아이작스 백작은 성대하게 파티를 열었다.

파티는 무려 일주일간 지속되었다. 주변의 많은 귀족들이 초대되었고, 많은 기사들과 귀족들이 이곳 아이작스 백작의 영주성에 몰려들어 파티에 젖어들고 있었다.

하나, 그러한 그들과 전혀 다른 움직임을 보이고 있는 이가 있었으니 그들은 다름 아닌 제논과 그 앞에 자리 잡고 있는 또 다른 한 명의 사내였다. 제논의 앞에 앉아 있는 사내.

드러난 신분은 분명 영지관리부에 소속된 그저 그런 문관 준 귀족일 뿐이었다.

그의 이름은 아담 라로쉬.

15년 전 완전히 폐지되었다가 최근에 다시 신설된 특수 작전국의 국장으로서 그는 지금 은밀하게 아이작스 영지의 실세 중의 실세라는 군무부장 제논 패트리아스를 찾아온 것이었다.

"나를 만나야 할 이유가 있었습니까?"

"물론입니다."

"이유를 들어도 되겠습니까?"

"지금의 아이작스 백작 가문이 이룬 모든 것의 중심에는 패트리아스 군무부장님이 계시기 때문입니다."

상당한 나이를 먹었음에도 불구하고 아담 라로쉬는 패트리아스에게 결코 하대하지 않았다. 그것은 이미 제논에 대한 파악이 어느 정도 끝이 났다는 것을 의미하는 것이기도 했다.

"많은 것을 준비한 모양이군."

제논은 더 이상 아담 라로쉬에게 존칭을 쓰지 않았다. 아담 라로쉬 또한 제논의 말에 그리 억울해하지도 않았고, 따지지도 않았다. 적어도 그가 생각하기에는 자신의 앞에 있는 제논 패트리아스라는 자는 그럴 만한 자격이 있었기 때문이다.

"왕국의 검이자 방패가 돌아왔는데 당연한 것입니다."

"왕국의 검이자 방패라……."

아담 라로쉬의 말을 받아 자그맣게 되뇌는 제논이었다. 참으로 오랜만에 들어보는 말이었다. 30년이 지난 지금도 자신의 가문을 잊지 않고 있는 자가 있다는 것이 새삼스럽기도 하였다.

"그 왕국의 검이자 방패가 어떻게 죽었는지 가장 잘 아는 이들은 전대 국왕과 그 피의 폭풍 속에서 목숨을 연명한 귀족들이지."

제논의 입에는 결코 좋은 말이 흘러나오지 않았다. 포기했으면 모르되 하기로 작정한 이상 철저할 필요가 있었다. 그렇다면 코린 왕국조차도 그 철저함에서 자유로울 수 없음이었다.

"어쩔 수 없었음을 알지 않습니까?"

제논의 말에 씁쓸한 표정으로 답을 하는 라로쉬였다. 그 역시 그 시절 그들을 배신하고 어둠 속에 스며들어 목숨을 부지한 자들 중 한 명이었으니 말이다.

"어쩔 수 없다라. 하면, 나 또한 어쩔 수 없는 문제인가?"

제논의 말에 퍼뜩 정신을 차린 라로쉬였다. 위험했다. 국왕은 제논을 아군으로 만들라고 했지, 적군으로 만들라 하지 않았다. 아군이 아닐지언정 최소한 우호적인 관계는 만들어야만 했다.

현 국왕은 제논 패트리아스를 그리 훌륭하거나 대단하게 생각하지 않았다. 그저 과거의 영향력을 현재에 되살리기 위한 하나의 시간벌기용 방패막이 정도로 생각하고 있었다. 그래서 아군으로 만들라고 한 것이었다.

하나, 아담 라로쉬의 생각은 달랐다. 객관적인 자료만을 접했을 때는 분명 현 국왕의 생각과 의도가 맞을 것이라 생각했다. 하지만 실제 제논 패트리아스라는 사내를 눈앞에 두고 본 시점에서는 절대 적대적인 관계를 가져서는 안 되는 인물임을 알 수 있었다.

그의 눈은 마치 그 끝을 알 수 없는 심연과 같았다. 그리고 그의 전신에서는 무언가 범접할 수 없는 기이한 무언가가 끊임없이 자신을 자극하고 있었다. 그에 절로 경건한 자세를, 혹은 긴장과 경계된 자세를 가지게 된 아담 라로쉬였다.

"죄송합니다. 제가 실언을 했습니다."

"실언이라. 내가 그리 가볍게 보였던 모양이군."

하는 말마다 딴지를 걸고 넘어가는 제논이었다. 아담 라로쉬는 제논이 그리하는 이유를 알고 있었다. 자신, 아니, 왕국이 마음에 들지 않는다는 무언의 항명이라는 것을 말이다.

"지금 왕국은 패트리아스 님의 도움이 절실하게 필요합니다."

"그것보다 대체 나를 어떻게 알고 찾아왔는지 그것이 궁금하군."

사실 궁금했다. 어떻게 아이작스 남작 가문의 그늘 아래에 숨어 있던 자신을 발견했는지 말이다. 보통 아이작스 남작을 주시하거나 기사단장 혹은 마법 단장을 주시할 것인데 말이다.

"기실 처음에는 아이작스 남작을 주목하고 있었습니다. 그를 주목한 연유는 현 국왕 전하께서 이제 새롭게 기지개를 펴려 하시기 때문입니다. 그러기 위해서는 유능한 인재들이 필요했습니다. 그런데 그 시기에 나타난 존재가 바로 아이작스 남작이었습니다."

기실 그러했다. 아이작스 남작을 주시했다. 아이작스 남작만큼 훌륭한 구심점은 없기 때문이었다. 사람은 어려우면 어려울수록 현실이 나른하면 나른할수록 영웅을 좋아한다.

또한 그 영웅의 지나온 역사를 좋아한다. 그러하기에 아이작스 남작은 그러한 영웅에 완벽하게 부합되는 조건을 갖추고 있었다. 다 쓰러져 가는 왕국의 보잘것없는 변두리 영지를 가지고 있는 영주.

하지만 불굴의 의지로 정적을 없애고, 승승장구하여 왕국의 중심이 된다. 그리고 종내에는 국왕과 왕국을 위하여 왕국을 좀먹는 귀족들을 처단한다라는 영웅의 역사를 쓰기에는 더없이 좋은 자가 아이작스 남작이었다.

그리고 그러한 영웅의 역사를 만들기 위해서는 반드시 주변에 그 영웅을 돕는 훌륭한 인재가 있어야만 했다. 마법 단장 안톤 경도 있어야 했고, 기사단장 겜블 경도 있어야 했다. 그러다 그들은 한 인물에 집중하기 시작했다. 이상하게 과거의 영광을 생각나게 한 하나의 인물 말이다.

"하지만 이내 더 좋은 영웅이 등장했습니다."

"그게 나라는 말인가?"

"그렇습니다."

"별로 기분 좋은 말은 아니군."

"……."

아담 라로쉬는 솔직해지기로 결정했다. 그리고 솔직하게 말을 했다. 이런저런 미사여구를 사용한다 해도 결국은 본인 자신이 어떻게 해석하느냐에 따라 달라지기 때문이었다.

게다가 지금 자신이 앞에 있는 자는 결코 왕국에 대해서 좋게 생각하고 있는 자가 아니었다. 과거 30년 전이라면 몰라도, 지금에 와서는 결코 좋은 관계가 될 수 없었다.

또한, 그동안 그가 밟아온 행적을 보면 그는 분명 상상조차 할 수 없는 무력과 두뇌를 가졌음이 분명하였다. 그런데 그러한 사람 앞에서 자신이 어떠한 술수를 쓴다는 것은 잘못하면 오히려 해가 될 수 있음을 직감했기 때문이다.

그럴 때는 그저 담백하게 정면 돌파를 하고 상대에게 모든 결정권을 넘기는 것이 나았다. 사실 이곳으로 오기 전 아담 라로쉬는 정보계통을 이용하여 스스로 몇 가지를 더 알아보고, 과거 격전이 있었던 몇몇 전장을 실제 돌아보기도 했다.

심지어는 그레이든 산맥까지 들어가기도 했고, 그 주변에서 제논에 대한 평판이나 그가 수뢰했던 일들을 아주 자세한

부분까지 파악했던 아담 라로쉬였다.

그리고 그 끝에 내릴 결정은 바로 아이작스 남작보다는 제논 패트리아스라는 군무부장에 더 힘을 실어주는 것이 낫다는 결정을 한 것이었다. 물론, 코린 왕국의 국왕은 여전히 아이작스 백작을 주목하고 있었지만 말이다.

그리고 그것을 간파했음인가?

"그것은 코린 왕국의 당대 국왕의 생각인가, 아니면 아담 라로쉬 특수 작전국 국장의 생각인가?"

제논은 단도직입적으로 물어갔다. 그에 아담 라로쉬는 크게 숨을 들이쉰 후 입을 열었다.

"제 개인적인 생각입니다."

아담 라로쉬의 말에 슬쩍 입꼬리를 말아 올리는 제논이었다. 보기 좋았던 탓이었다. 만약 자신 앞에서 많은 미사여구를 사용하고 기름처럼 매끄러운 혀를 자랑했다면 자신은 절대 아무런 도움도 주지 않았을 것이다.

또 한편으로는 아담 라로쉬가 아니었다면 자신을 찾아와 이렇게 직설적으로 말을 하지도 않았을 것이라고 생각했다. 언제나 배후에서만 맴돌았기 때문이다.

언제나 드러난 것은 아이작스 백작이었고, 겜블 경이었으며, 안톤 경이었다. 물론, 조금만 주의를 기울이면 자신이 존재를 알아챘겠으나 과연 이 코린 왕국에 그러한 자가 몇 명이나 있을까.

"나에게 원하는 것은?"

"코린 왕국의 영웅이 되어주시길 바랍니다."

"훗! 영웅 따위……."

제논은 가볍게 코웃음 쳐버렸다. 영웅 따위 생각해 본 적도 없었다. 영웅이라면 과거 코린 왕국을 위해 음지에서 죽어간 자신의 동료들이 진정한 영웅일 것이다.

반면에 아담 라로쉬는 소름이 돋는 것을 느꼈다. 영웅은 그 누구라도 부러워 마지않는다. 하지만 지금 자신의 앞에 있는 사내는 영웅을 하찮은 발톱의 때만큼도 여기지 않고 있었다.

그리고 제논 패트리아스는 지금 영웅이 되어달라고 부탁하는 자신을 조소하고 있었다.

"이 왕국에는 수많은 영웅이 있었다. 한 가정을 지키는 가장도 자식들에게는 영웅이요, 자신을 봉양하는 자식 또한 그 부모에게 있어서는 영웅이다. 그리고 왕국을 위해 음지에서 죽어간 자들 역시 영웅이다."

제논은 무심하게 입을 열었다.

"진정한 영웅은 그들이다. 하지만 그러한 그들을 천하고 업신여기며, 하찮게 여겨 배신을 밥 먹듯이 하는 것은 그들로 인해서 지탱해 온 이 왕국이다. 그렇지 않은가?"

제논은 싸늘하게 자신의 앞에 있는 아담 라로쉬에게 물었다. 물론, 대답을 원하는 것은 아니었다.

"나에게 있어서 영웅이란 쓸모없어지면 버려지는 그런 존재로밖에 보이지 않아. 그것은 아마도 이 왕국의 국왕 역시 그러하겠지. 과거에 버려졌던 나의 가문처럼 말이지."

"……."

아담 라로쉬는 뭐라 할 말이 없었다. 아니라고 하기에는 그 당사자가 자신의 앞에 있으니 정면으로 반박조차 할 수 없었다. 그가 할 수 있는 것은 그저 제논이 하는 말을 경청하는 것밖에 할 수 없었다.

"하지만 나쁘지는 않아. 현재 국왕과 적당한 선을 유지하면 되니까. 서로 원하는 목적은 다를지라도 목표는 같으니까 말이지."

제논의 말에 아담 라로쉬는 가볍게 가슴을 쓸어내렸다. 목적은 다르다. 제논은 복수이고, 코린 왕국의 국왕은 왕권의 회복이었다. 하지만 목표는 같았다. 둘 다 헤밀턴 공작가의 멸문이라는 점에서 말이다.

아담 라로쉬는 이대로도 좋다고 생각했다. 국왕의 마음대로 휘두를 수 있는 그런 날카로운 검은 아니지만, 선대의 국왕처럼 모든 것을 농단하는 절대의 권력을 견제하는 검쯤은 하나 있어야 될 것 같았다.

그는 코린 왕국의 국왕에게 절대적으로 충성을 바치지만

30년 전이나 15년 전과 같은 피바람은 원치 않았다. 훌륭한 귀족이, 혹은 왕국에 진정 있어야 할 귀족이 죽음을 당하는 것은 원하지 않았다.

"감사합니다."

"그리고……."

제논은 말끝을 흐렸다. 그에 아담 라로쉬는 의문의 표정으로 제논을 바라보았다. 그때 제논은 자신의 품속에 손을 집어넣어 손톱만 한 무엇을 꺼내 탁자 위에 올려놓았다.

"특수 작전 4조 드래곤 플라이, 넘버 세븐. 임무를 마치고 귀환한다고 보고해."

"……!!"

아담 라로쉬의 눈이 커졌다. 그는 지금 심장이 목구멍으로 튀어나올 만큼 놀라고 있었다. 특수 작전국 사상 가장 우수하고 가장 강력했던 특수 작전 4조 드래곤 플라이.

15년 전 헤밀턴 공작의 계략으로 완전히 해체되었던 코린 왕국 제일의 특수 작전조. 그들이 제거되지 않고 존속되었다면 지금의 왕국의 혼란은 조금 더 일찍 종식되었을 수도 있었지 않을까 하는 생각까지 가지고 있던 아담 라로쉬. 특수 작전에 임하는 이로서는 가장 큰 영웅을 마주하고 있는 것이라 할 수 있었다.

아담 라로쉬는 살짝 떨리는 손으로 제논이 탁자에 올려놓은 손톱만 한 둥근 패를 매만졌다. 황금색 바탕에 음각된 포효하는 그리폰. 그에 아담 라로쉬는 자신의 손을 통하여 마나를 불어 넣었다.

지이이잉!

아담 라로쉬가 황금색의 패에 마나를 불어 넣자 낮은 울림음을 내며 보라색의 무언가가 약 10센티미터 정도 쏘아져 오르더니 보라색을 한 하나의 형상이 맺혔다.

—No.7.

<u>스르르.</u>

그리고 사라졌다. 하나, 다시 또 다른 영상이 맺히기 시작했다.

—S.B.S.K.K.

S.B.S란 Special Bureau of Stretagy의 약자였고, K.K란 Korin Kingdom의 약자였다. 거기에 S.B.S라는 글자가 보라색으로 별도로 표기되고 있었다. 특수 작전국 소속 작전 요원 및 작전조는 화이트, 옐로우, 레드, 퍼플로 그 등급이 나누어진다.

최하 등급을 화이트로 잡는다면 최고의 등급 기사로 치면 마스터 등급이 바로 퍼플 등급이었다. 총120회 이상의 특수 작전을 시행했으며 단 한 번의 실패를 겪지 않은 등급이 바로 퍼플 등급이었다.

화이트 등급은 보통 4회 이상을 옐로우 등급은 16회 이상, 레드 등급은 65회 이상을 특수 작전을 완벽하게 성공해야만 했다. 특수 작전이라는 위험성을 감안했을 때 대부분의 요원은 옐로우 등급에 머물고 있었고, 일부 뛰어난 베테랑만이 간간히 레드 등급에 오른 경우가 있었다.

그런데 자신의 앞에 있는 자는 자그마치 퍼플 등급이었다. 유일하게 15년 전 헤밀턴 공작가의 계략으로 제거된 특수 작전 4조만이 가졌던 퍼플 등급의 특수 작전조.

그리고 또 하나.

그 치밀한 계략을 뚫고 살아 돌아온 사람이 있다는 것이다. 그것도 아주 건실하게 말이다.

"다시… 특수 작전국으로 돌아오시는 것입니까?"

아담 라로쉬의 목소리가 살짝 떨렸다. 하지만 그의 귀에 들려오는 목소리는 담담하기만 했다.

"아니, 내가 속한 특수 작전국은 15년 전 이미 폐쇄되었다. 나는 죽어간 영웅에 대한 최소한의 예의로 그대들에게 작전 완료 신고와 생존 신고를 할 뿐이다. 적어도 그들은 나에게 있어 영웅이니까."

제논은 그렇게 말했다. 담담한 말이었으나, 아담 라로쉬의 심장을 후벼 파는 말임도 분명하였다. 제논의 심정을 이해하는 아담 라로쉬. 만약 자신이 코린 왕국의 국왕에게 충성을 맹세하지 않았다면 눈앞의 존재와 함께하고픈 생각마저 들었다.

"무엇을 해드리면 되겠습니까?"

"가문의 부활."

단 한마디였으나 그 속에 내포된 의미는 실로 대단한 것이었다. 아담 라로쉬가 파악한 의미는 전면전이라 할 수 있었다. 코린 왕국을 쥐고 흔드는 헤밀턴 공작 가문에 대한 전면전 말이다.

그것은 국왕 측에서도 바라 마지않는 것이었다. 아직까지 국왕 측은 힘이 모자라다고 생각하기 때문이었다. 그런데 더 이상 늦출 수도 없는 상황이 됨에 귀족들을 후원하여 국왕파로 끌어들이는 작전을 취한 것이었다.

하나, 그것을 알고 있음에도 헤밀턴 공작 측은 느긋했다. 그래봐야 어느 정도 크면 잘라 버리면 그만이니까. 그렇기 때문에 국왕 측은 답답하고 조급했다. 세력을 키우기가 쉽지 않은 탓이었다.

그런데 제논이 가문의 부활이라는 말을 했다. 아담 라로쉬는 그 파급 효과를 충분히 인지하고 있었다. 그에 조심스럽게 물었다.

"헤밀턴 공작 가문의 집중 견제를 받을 것입니다."

아담 라로쉬의 말에 제논의 입가에 싸늘한 미소가 걸렸다.

"나를 걱정하는 것인가?"

"그것은……."

제논의 물음에 감히 답을 하지 못하는 아담 라로쉬.

"덤비면 그들을 부수면 그뿐."

후우우웅!

그 말과 함께 제논은 자신의 존재감을 드러내었다. 지금까지는 그저 잔잔한 호수와 같이 모든 것을 포용할 듯한 자세였으나, 갑작스럽게 존재감을 드러낸 제논의 자세는 그야말로 폭풍과 같은 모습이었다.

"크으으윽!"

그와 같은 제논의 기세에 아담 라로쉬는 어금니를 꽉 깨물면서 버텼으나, 오래가지는 못했다. 얼굴이 창백해지면서 그의 입에서는 어느새 답답한 신음이 흘러나왔다.

그리고 굳게 다문 입술에는 가느다란 핏물이 흘러나오고 있었고, 눈을 실핏줄이 터져 붉어졌으며, 이마와 탁자 위에 놓인 손의 핏줄은 툭툭 붉어지고 있었다.

그때 아담 라로쉬를 내리누르고 있던 기세가 순식간에 사

라져 버렸다. 그에 아담 라로쉬는 크게 숨을 내쉬며 답답했던
숨을 들이켜기 바빴다.

'이, 이건 이미 마스터의 수준을 넘어섰다.'

가쁜 숨을 내쉬는 와중에도 아담 라로쉬는 그런 생각을 하
고 있었다. 그가 그것을 알 수 있었던 이유는 바로 헤밀턴 공
작을 만나보았기 때문이다. 또한 헤밀턴 공작은 왕국 유일의
마스터이기도 했으니 당연히 그와 검을 맞댈 기회가 있었음
을 물론이었다.

물론, 그것이 대련이라는 점에서 완전히 자신이 기세를 드
러낸 것은 아니었겠으나 그것은 지금의 제논 역시 다르지 않
다고 보았다. 자신을 죽일 정도가 아닌 그저 적당한 강도를
드러낸 것뿐이라는 것이다.

"저, 전하겠습니다."

"기다리지."

그 말을 하고 뒷짐을 진 채 정원을 바라보는 제논이었다.
이미 그의 관심으로부터 자신은 멀어졌다는 것을 아는 아담
라로쉬였다. 하나, 그는 그것에 신경 쓸 여유가 없었다.

한시바삐 지금의 상황을 전하고 대책을 마련해야만 했다.
아담 라로쉬는 거침 숨을 진정시키고, 뒷짐을 진 채 밤하늘을
바라보는 제논을 일별한 후 몸을 돌려 어둠 속으로 사라져 갔
다.

*　　*　　*

　이곳은 코린 왕국의 왕궁.

　그중 가장 깊숙하게 자리 잡은 국왕만의 공간이 있다. 그곳에는 다섯 명의 인물이 둥그런 원탁에 앉아 무거운 분위기를 연출하고 있었다.

　"가문의 부활이라……."

　톡! 토옥! 톡! 톡!

　코린 왕국의 국왕인 세바스티앙 팔레티는 심사숙고에 들어갔다. 가문의 부활이라 함은 완벽한 부활을 의미할 것이다. 그렇다는 것은 스스로 전면에 나서겠다는 의미이리라.

　"어떻게 생각하시오?"

　코린 왕국의 팔레티 국왕이 입을 열어 의견을 구했다. 팔레티 국왕은 자신이 전면에 있는 개개인과 모두 눈을 마주치며 물었다.

　블랙 맘바라는 어쌔신 길드의 길드 장인 마이클 레빗이 있었으며, 특수 작전국 국장인 아담 라로쉬가 있었으며, 국방대신인 세라지오 버넹키가 있었다. 그리고 마지막으로 이 모든 것을 가능케 한 팔레티 국왕의 진정한 두뇌로 할 수 있는 루이스 가스너 백작이 있었다.

"오히려 쌍수를 들고 환영해야 할 것입니다."

"흐음, 연유를 말해줄 수 있겠소?"

기실 30년 전 모략에 의해 몰락한 가문을 부활시킨다는 것은 조금은 부담스러웠다. 거기에 그 가문의 후손이 15년 전 제거된 특수 작전국이 조원이라면 더욱더 그러했다.

한데, 자신이 진정 믿고 의지하는 군사가 쌍수를 들어 환영해야 한다고 하니 조금은 의아한 생각이 들었다. 왜냐하면 가스너 백작은 마치 자신의 혀와 같았다.

그러하기에 자신이 심정을 모를 리 없는 그가 그러한 제안을 환영한다는 말을 하니 더욱 궁금해지기 시작한 팔레티 국왕이었다.

"아시다시피 헤밀턴 공작 가문은 언제부터인가 자신이 과거에 몰락시켰던 귀족들의 후예를 찾고 있습니다. 그 연유는 가문의 부활을 바라는 그들에게 오염된 정보를 주어 강한 복수심을 가진 더욱더 강한 전력을 키워낼 수 있기 때문입니다."

이미 알고 있는 사실이었다. 실제 그들을 몰락시킨 모든 계략을 헤밀턴 공작 가문에서 실행했지만 어쨌든 결과론적으로 그것을 행한 것은 코린 왕국이 될 수밖에 없었다.

"문제는 헤밀턴 공작 가문에 포섭된 이들은 결코 사실을 모른다는 것입니다. 교묘하게 감춰진 진실을 말입니다. 하지만 한 명은 알고 있습니다. 그가 바로 제논 패트리아스입니다."

가스너 백작은 그럴 것이라 예상하고 있었다. 그의 행동을 분석하면 분명 그는 모든 배후에 헤밀턴 공작 가문이 있으며, 헤밀턴 공작 가문에 대해 어느 정도 파악하고 있을 것이라 예상하고 있었다.

그렇지 않다면 그가 스스로 드러내려 하지 않았을 것이다. 적은 보이고 자신은 보이지 않는데, 그리고 적은 강하고 자신은 약한데 스스로 드러낼 이유가 없다.

"그렇다는 것은 그가 어느 정도 자신감이 있기에 존재를 드러낸다는 것인가?"

"현재로서는 그것이 가장 큰 이유라 판단되옵니다. 지금까지 행동을 보면 철저하게 자신을 숨기는 데 주력하였습니다. 그런데 갑자기 수면 위로 부상하고자 한다는 것은 그만큼 대책이 마련되었을 것이라 판단됩니다."

고개를 끄덕일 수밖에 없었다. 가스너 백작의 말이 아니고서도 드러난 자료를 보면 확실히 그러했다. 하나, 궁금했다. 드러난 자료에는 분명 그 혼자 움직였을 뿐이었다.

그가 어떠한 세력을 형성했다는 자료는 없었다. 물론, 이번 영지전으로 남작에서 자작이 된 잘만 영지의 크레센트 자작과 아이작스 백작이 그의 세력 범주로 들어가기는 하지만 그렇다 하더라도 조금은 무모해 보였기 때문이다.

"그렇긴 한데 조금은 무모해 보이는군."

"상관없지 않을까 합니다."

"상관이 없다?"

가스너 백작은 냉정하게 잘라 말했다.

"그는 아군이 아닙니다. 엄밀하게 말해서 적의 적이기에 친구로 대할 뿐. 그 역시 말했다시피 서로의 이익이 맞아서 협력하는 관계일 뿐입니다. 또한 그는 왕국에 어떠한 원조도 바라지 않았습니다."

가스너 백작의 말에 조용히 현재 상황을 지켜보고 있던 특수 작전국 국장인 아담 라로쉬는 살포시 인상을 찌푸릴 수밖에 없었다.

'그의 말이 맞아 들어가는 것인가?'

그를 만날 당시 아담 라로쉬는 '당신의 생각은 틀렸습니다'라고 말해주고 싶었다. 국왕이 이기적이기는 하나 과거 왕국의 검이자 방패였던 가문을 부활시킴에 결코 사냥개로만 대하지 않을 것이라 예상했다.

하나, 지금 돌아가는 상황을 보니 국왕과 국왕의 참모인 가스너 백작은 그저 그에게 사냥개의 역할을 맡길 참인 듯 보였다. 그에 아담 라로쉬는 무겁게 입을 열었다.

"스스로 가치를 증명해 보이고자 하는 것이 아닐까 합니다. 또한, 그의 가문은 과거 코린 왕국의 검이자 방패였던 가문입니다. 활용 가치를 넘어서 많은 기사들과 귀족들의 중심점이 되지 않을까 합니다만."

요컨대 그를 품에 안을 수 있으면 안는 것이 좋지 않겠느냐는 조심스러운 의견의 피력이었다. 하지만 가스너 백작은 그의 말에 고개를 저으며 입을 열었다.

"이미 30년 전의 과거입니다. 그 가문을 기억하는 귀족이나 기사들이 얼마나 있을까 생각합니다. 설사 있다 하더라도 그들은 이미 일선에서 물러나 관망하는 자들이라 할 수 있습니다. 그리고 그는 왕국의 중심이 되어서는 안 됩니다. 왕국의 중심은 오로지 국왕 전하뿐입니다."

여기까지 말을 하고 잠시 숨을 들이켠 가스너 백작이었다. 그는 자신이 생각을 확실하게 관철시키기 위해 이내 다시 자신이 말을 이었다.

"물론, 지금 당면한 상황에서 그는 분명 훌륭한 조력자이자 아군일 것입니다. 이런 기회는 좀체 오지 않습니다. 그를 전면에 내세우고 우리는 숨어 조금 더 가다듬습니다. 그가 몸을 드러내었으니 과거의 영광을 생각하는 기사들과 귀족들은 그에게 몰릴 것입니다."

모두 고개를 끄덕였다. 과거의 왕성했던 그 기억을 가지고 있는 이들은 다시 한 번 가슴에 불을 붙일 것이다. 그것은 불문가지의 사실일 것이다.

"그렇다면 그가 이끄는 무리는 헤밀턴 공작 가문에 대항하여 어느 정도 시간을 벌 수 있을 것입니다. 우리에게는 그 시간이 필요합니다. 더욱더 많은 귀족들을 흡수할 수 있는 시간 말입니다. 그 시간을 그가 벌어줄 것입니다."

결국 가스너 백작은 제논 패트리아스라는 인물을 그저 시간 벌기용 인물로 낙점하고 있었다. 그에 아담 라로쉬는 알고는 있었으나 직접 확인하니 쓴 입맛을 다실 수밖에 없었다. 어쩌면 지금 여기 모인 이들은 모두 그것이 옳다고 여길지도 모른다.

여기 있는 이들은 결코 제논에 대하여 직접 경험하지 않았으니 말이다. 자신이 아무리 사실에 기초하여 설명한다 하여도 받아들이는 입장에서 이미 어떠한 상황에 집착해 있다면 아무런 의미가 없는 설득이 되기 때문이었다.

"그를 시간 벌기용으로 사용한다면 약간의 도움을 주는 것이 좋지 않겠소?"

국왕 역시 이미 마음을 굳힌 모양이었다. 그에 아담 라로쉬는 한숨을 나직하게 내쉴 뿐이었다. 이건 뭔가 잘못되어도 크게 잘못된 모양새였다. 하나, 지금에 와서 자신이 바꿀 수 있는 것은 아무것도 없었다.

"블랙 맘바의 정보를 그에게 넘기는 것은 어떨까 합니다."

가스너 백작의 말에 아담 라로쉬를 제외한 모든 이들이 고개를 끄덕였다. 정보력을 제공한다면 상당히 큰 것이라 할 수 있었다. 하지만 반면에 정보력만 제공하고 나머지는 다 알아서 해야 한다는 것이다.

국왕의 입장에서 하등 손해 볼 것이 없다는 말이 된다. 이들은 이미 철저하게 제논 패트리아스를 방패막이 혹은 사냥개로 사용하기로 작정하고 있었던 것이다.

너무나도 자연스럽게 흘러가는 상황에 오히려 아담 라로쉬는 어리둥절할 뿐이었다. 그리고 이내 당혹스러움으로 번졌고, 마지막은 그 씁쓸함에 얼굴마저 딱딱하게 굳어졌다.

'이미 이들은 그를 주시하고 있었던 것인가?'

지금의 상황에서 아담 라로쉬는 그렇게 생각할 수밖에 없었다. 자신의 정보를 토대로 지금의 상황을 만들어냈다면 가스너 백작은 그야말로 악마적인 두뇌의 소유자여야만 가능한 것이니까 말이다.

물론, 그는 천재다. 그가 없었다면 지금의 국왕 역시 없었을 것이고, 헤밀턴 공작 가문에 완전히 잠식당한 왕국에 틈을 만들어 국왕파라는 씨앗을 심을 수 없었을 것이다.

하지만 그것은 어디까지나 헤밀턴 공작 가문이 국왕의 위에 오르는 것에 관심이 없었기 때문이다. 만약 욕심이 있었다면 코린 왕국의 국왕은 진즉에 헤밀턴 공작이 차고앉았을 것이다.

"으으음."

아담 라로쉬는 자신도 모르게 무거운 신음성을 흘리고 말았다. 하지만 그 누구도 아담 라로쉬를 주시하지는 않았다. 아직까지 특수 작전국은 중요한 위치에는 있으나 그만한 역량을 보여주지 못했으니 말이다.

"해서 우선 그에게 백작의 작위를 내리고, 과거 그의 가문이 있던 곳을 영지로 주면 되옵니다."

"그리고 거창한 파티를 열고?"

"그렇사옵니다."

국왕과 가스너 백작은 죽이 척척 맞아 들어가고 있었다. 한두 번 해본 일이 아니라는 듯이 말이다. 주거니 받거니 대화를 이어가는 그 둘의 얼굴에는 알 듯 모를 듯 가느다란 미소가 떠올라 있었다.

"거기에 블랙 맘바의 정보력을 연계해 주고 3년 동안 영지전을 금지하며, 10년 동안 세금을 면제해 주면 될 것입니다."

"괜찮군. 그렇게 하도록 하지요."

드디어 그에 대한 모든 것이 결정이 났다. 아주 간단하게 말이다. 아담 라로쉬는 이것이 아니라는 생각이 자꾸 들었다.

그는 결코 이런 대접을 받아야 할 사람이 아니라는 것을 본능적으로 느끼고 있었다.

그러하기에 아담 라로쉬의 안색은 그리 좋지 못했다. 그의 얼굴은 모든 회의가 끝나고 이 비밀이 공간을 벗어날 때까지 지속되었다. 그때 그의 곁으로 다가온 자가 있었다.

마이클 레빗이었다.

"왜? 마음에 들지 않는 건가?"

"…솔직히."

"무엇이 문제인가?"

마이클 레빗이 물었다. 아마도 마이클 레빗은 특수 작전국 소속이 아담 라로쉬에게 동질감을 느끼고 있는지도 모른다. 결코 양지로 나설 수 없는 그들의 현재에 대해서 말이다.

"그는… 이런 대우를 받을 자가 아닙니다."

그래서 그런지 아담 라로쉬는 자신의 생각을 숨김없이 말을 했다. 그에 마이클 레빗은 무언의 동조인지 입을 다물고 고개를 끄덕이더니 이내 한숨을 내쉬며 입을 열었다.

"어쩔 수 없음이네. 이미 결정된 사항이 아닌가?"

아담 라로쉬는 마이클 레빗을 바라보았다. 그리고 한참을 생각하더니 무겁게 입을 열었다.

"아마도 국왕 전하께옵서는 최악의 선택을 하신 듯합니다."

아담 라로쉬는 그 생각을 좀체 지울 수 없었다. 그러한 아담 라로쉬의 말에 동의라도 하는 것인지 마이클 레빗은 별다른 말이 없었다. 다만, 잔뜩 굳어진 얼굴로 아담 라로쉬의 어깨를 툭툭 두드리고 자리를 벗어나고 있었다.

Chapter 03

"수도로 가신다는 말을 들었습니다."

"작위를 수여한다고 합니다."

"축… 하 드립니다."

"별 말씀을."

아이작스 백작과 제논이었다. 그 둘을 제외하고 겜블 경도 있었고, 안톤 경도 있었다. 또한 네 명의 선임 기사도 있었고, 서른 명의 기사도 있었다. 아이작스 백작과 제논의 대화를 듣고 모두들 서운한 표정을 짓고 있었다. 하지만 그렇다고 제논을 보내주지 않을 수도 없었다.

"하지만 조금은 아쉽습니다. 이제 백작가가 되었는데……."

"만남이 있으면 헤어짐이 있는 법입니다."

"물론, 모르는 바는 아닙니다. 하나, 인간인 이상 아쉬움이라는 감정은 쉬이 떨쳐 버리기 어렵습니다. 다만, 의아한 것은 허례허식을 싫어하시는 마스터의 성품상 우리를 모두 여기에 모이게 한 연유가 반드시 있을 것이라 생각됩니다."

아이작스 백작의 말에 제논이 답했고, 그러한 제논의 답에 다시 안톤 경이 답을 했다. 역시 그는 7서클의 문을 두드리고 있는 마도사였다. 그는 직감적으로 제논이 따로 할 말이 있음을 느끼고 있었다.

"제가 아이작스 백작 이하 겜블 경과 안톤 경을 모두 모이게 한 연유는 한 가지 중요한 사실에 대해 알려드리기 위해서입니다."

중요한 사실이라는 말에 이곳에 모여 있는 모든 이가 의문의 빛을 띤 채 제논을 바라보았다. 한 번도 이런 적이 없었던 제논이었다. 모든 시선을 잡아둔 제논은 책상 위에 무언가를 올려놓았다.

그리고 거기에 마나를 주입하자 밝은 빛이 터져 나오며 허공에 영상이 맺히기 시작했다. 주로 대부분이 전투 장면이라 할 수 있었다. 하지만 이곳에 모여 있는 이들은 절대 그 전투

장면에서 눈을 뗄 수 없었다.

"……!!"

그러한 연유는 바로 그들의 앞에서 벌어지는 전투 장면은 결코 범인이 볼 수 있는 그런 전투 장면이 아니기 때문이었다. 처음에는 인간과 전투를 벌였고, 이윽고 그 인간들이 수세에 몰리자 변신하기 시작했다.

바로 라이칸 슬로프로.

그것을 바라보는 모든 이들은 눈이 커짐과 동시에 입이 벌어지기 시작했다. 침착함을 유지하는 자는 아이작스 백작이나 겜블 경 혹은 안톤 경 정도였다. 그들 역시 놀랐다. 드러내지 않을 뿐이었다.

아이작스 백작은 이미 수많은 경험을 통하여 이보다 더한 일이 있다 하여도 드러내지 않고 받아들일 정도가 되었고, 겜블 경이나 안톤 경은 속마음을 겉으로 드러낼 정도의 수준이 아니었기 때문이다.

그리고 마침에 영상이 끝이 났다. 무려 두 시간 가까운 시간이 흘렀지만 여기 모인 모든 이는 충격 속에서 쉽게 벗어나지 못하고 있었다.

"이것이… 진정 사실입니까?"

"그들은 혹시 달의 일족인……."

묵직한 물음이 던져졌다. 가장 먼저 정신을 차린 겜블 경과 안톤 경의 물음이었다. 그에 제논은 고개를 끄덕였다.

"이것을 믿어야 할지……."

"믿어야 할 거예요."

그때 또 다른 목소리가 들려왔다. 모두의 시선이 목소리가 들려오는 쪽으로 쏠렸다. 그곳에는 클라렌스 대부인이 있었다. 언제 들어왔는지 전혀 짐작조차 할 수 없었음에 모두 놀란 표정이었다.

"오셨습니까?"

아이작스 백작이 일어나 그녀를 향해 허리를 굽히며 예를 다했다. 어쨌거나 그녀는 자신의 어머니니까. 하지만 그의 허리가 다시 펴졌을 때 그는 조금은 당혹스러운 말을 들어야만 했다.

"그렇게 예를 차리지 않아도 되요. 전 이제 아이작스 백작 가문의 사람이 아니니까요."

"그 말씀은……."

아이작스 백작의 말에 클라렌스는 자신의 품속에서 두루마리 양피지를 꺼내 아이작스 백작에게 주었다. 두루마리 양피지를 말없이 받아든 아이작스 백작의 귓등으로 클라렌스의 말이 들려왔다.

"파혼 증명서예요."

클라렌스의 말에 아이작스 백작의 손이 잠시 멈칫했다. 하나, 이미 그럴 줄 알았다는 듯이 다시 두루마리 양피지를 펼쳐 드는 아이작스 백작이었다. 그리고 두루마리 양피지를 순식간에 다 읽고서는 젬블 경에게 넘겼다.

그리고 그가 입을 열었다.

"클라렌스 프라네리온 백작이시로군요."

"그렇게 되었네요."

"과연 헤밀턴 공작 가문이로군요. 완벽하게 독립을 시키다니 말입니다."

"가문으로부터 받은 마지막 선의의 선물이라 할 수 있지요."

"축하드립니다."

아이작스 백작을 비롯해 젬블 경과 안톤 경이 축하를 전하자 클라렌스는 쓸쓸한 웃음을 지으며 고개를 끄덕였다. 좋아할 일도 기분 나빠 할 일도 아니지만 그녀에게 있어서는 결코 좋게 받아들일 수 없는 것이었다.

어찌 보면 그녀는 상당히 기구한 인생을 살아가고 있다 해도 과언이 아니었다. 가문의 후계 싸움에 밀려 일개 남작과 결혼을 하였고, 자식을 두었다 하나, 부군을 잃어 미망인이 되었으며, 이제는 본래의 가문과 완전히 다른 가문의 수장이 된 것이니 말이다.

"한데 조금 전 프라네리온 백작께서 말씀하신 의미는 대체 무언인지요."

그때 아이작스 백작이 클라렌스에게 물었다. 그 물음에 클라렌스는 살포시 이마를 찌푸렸다. 과거의 가문에 관한 말이었다. 가히 말하고 싶지 않은 것이었으나 어쩔 수 없음이었다.

"달의 일족은 밤의 일족의 낮을 지키는 일족이지요."

"그 말은……."

안톤 경이 말을 흐렸다.

"달의 일족이 드러남은 밤의 일족 역시 세상에 나왔다는 것을 의미합니다. 그리고 밤의 일족으로 의심되는 곳은……."

제논이 답을 하면서 클라렌스를 바라보았다. 그에 클라렌스가 고개를 끄덕였다. 고맙다는 듯이 고개를 살짝 숙인 제논이 입을 열었다.

"바로 헤밀턴 공작 가문입니다."

"……!!"

"……."

충격이었다. 너무나도 엄청난 충격에 아이작스 백작을 비롯한 모든 이는 좀체 정신을 차리지 못했다. 이해할 수 없었기 때문이었다. 한 왕국을 좌지우지하는 그들이 밤의 일족으로 의심된다니.

아이작스 백작과 젬블 경 그리고 안토 경의 시선이 절로 클라렌스를 향했다. 그것이 사실이냐는 물음일 게다.

"추측이 아니라 사실이지요. 헤밀턴 공작 가문의 주요 인물들은 밤의 일족으로 그리고 주전력은 달의 일족으로, 나머지는 완성형 키메라로 대체되어 있죠. 또한 헤밀턴 공작 가문가 혈연으로 연계된 모든 가문 역시 그들의 일족이 되었을 거예요."

앞의 충격보다 더 거대한 충격이 모든 이들을 덮쳤다.

"마, 말도 안 돼."

누군가가 부지불식간에 그 말을 내뱉었다. 맞다, 말도 안 되는 소리였다. 헤밀턴 공작의 형제만 3형제였으며, 헤밀턴 공작 자신만도 7남 8녀를 두었다. 그와 직접적인 혈연으로 연결된 가문만 해도 무려 15개 가문이었다.

그리고 헤밀턴 공작의 형제는 또 어떠한가. 상상할 수도 없는 일이었다. 만약 클라렌스의 말이 사실이라면 헤밀턴 공작 가문이 실제 이 코린 왕국의 절반 이상을 점령했다고 해도 과언이 아니었다.

"그랬군요. 그래서 헤밀턴 공작 가문이 아직도 건재한 것이로군요."

가장 먼저 정신을 차린 젬블 경이 혼잣말처럼 되뇌었다. 그 말이 기폭제가 되었음인가 여기저기에서 한숨을 몰아쉬는 소리가 들려오기 시작했다. 그제야 비로소 정신을 차린 이들이었다.

"한데, 이것을 우리에게 보여주신 연유가……."

아이작스 백작이 조심스럽게 제논에게 물었다.

"혹시 국왕 전하의 친서를 받으시지 않으셨습니까?"

"어, 어떻게?"

제논의 물음에 해연히 놀라 입을 여는 아이작스 백작이었다. 국왕의 특사가 은밀하게 직접 전한 친서였다. 그런데 그 것을 제논이 알고 있으니 당연히 놀랄 수밖에 없었다.

"국왕 전하께서는 아마도 헤밀턴 공작 가문을 밀어내려 하고 계실 것입니다. 잃어버린 왕권을 되찾기 위해서 말입니다. 그리하기 위해서는 헤밀턴 공작 가문의 힘이 미치지 않거나 그들의 눈에서 멀어진 귀족들을 포섭해야 하는 실정입니다."

장내는 바늘 떨어지는 소리조차 들릴 정도로 조용해졌다. 제논의 말을 듣기 위해서였다. 정작 말하는 당사자는 무던히 도 담담하게 말을 하고 있었으나 그 말을 듣고 있는 이들은 마른침을 삼키며 긴장하고 있었다.

"그 조건에 가장 합당한 귀족들은 동북 방향의 영지들이라 할 수 있습니다. 가장 낙후되었고, 고만고만한 영주들이 있어 누구를 딱히 귀족들을 이끄는지 알 수 없는 그런 영지들이 난립해 있기 때문입니다."

제논의 말에 고개를 끄덕이지 않을 수 없었다. 동북 방향의 영지는 척박하기도 하지만 발전이 느리고, 예로부터 큰 인물이 나지 못한다는 것을 증명하기라도 하듯이 백작의 작위를 가진 귀족조차 없는 곳이었으니 말이다.

그러한 그들을 한번 훑어본 제논은 계속 말을 이었다.

"그러한 와중에 대리 영주의 반란을 잠재우고 성인식에도 치르지 않은 귀족가의 영식이 작위를 받고, 나름의 발전을 꾀했습니다. 귀족들을 영입해야 할 국왕의 입장에서 이만큼 좋은 영지가 어디 있겠습니까? 거기에 최근에는 세 개의 영지와 영지전을 벌여 한 개의 영지는 우호 영지로 만들고 두 개의 영지를 완벽하게 무너뜨렸으니 당연한 일이 아니겠습니까? 또한 그러하기에 자작이 아닌 백작이 제수되지 않았겠습니까?"

제논은 당연한 말이라고 했지만 솔직하게 그 모든 것을 하나로 꿰뚫지 않는 한은 국왕의 그런 심계를 알아채기란 쉽지 않은 일이었다. 그러나 제논은 그 모든 것을 하나로 꿰어 이야기하고 있었다.

젬블 경이나 안톤 경은 새삼 감탄하고 있었다. 자신들은 당면한 실정에 앞을 가려 제대로 전체적인 형국을 판단하지 못하고 있었는데 제논은 숲과 나무를 한꺼번에 보고 있었던 것이기 때문이다.

"하면, 친서에 어떠한 내용이 담겨 있을지 예상하실 수 있습니까?"

"미루어 짐작컨대 혈서와 같지 않을까 합니다."

제논은 간단하게 말을 했으나 혈서라는 말에 담긴 의미는 실로 지대했다. 그것은 바로 국왕이 가장 믿는 귀족에게 내리는 최후의 방편과 같은 것이기 때문이었다.

"그것이 지금 경께서 본 작에게 보여준 영상과 무슨 관계가 있습니까?"

알면서도 물었다. 이미 앞전의 대화에서 그 모든 것이 포함되어 있음에도 말이다.

"국왕의 가장 큰 적은 헤밀턴 공작 가문이며, 저의 복수의 최종 목적 역시 헤밀턴 공작 가문입니다. 그렇다는 것은 아이작스 백작 가문 역시 밤의 일족과 달의 일족과의 전투에서 자유롭지 못하다는 것을 의미합니다."

"끄으음."

알고 있었지만 새삼 제논의 입에서 사실을 확인하자 아이작스 백작이 입에서 답답한 신음 소리가 흘러나왔다. 겨우 가문을 회복시켰다. 그런데 산 넘어 산이라고 또 다른 산이 버티고 서 있었다.

"군무부장의 말씀이 맞을 거예요. 이미 공작 가문에서는 아이작스 백작 가문에 눈독을 들이고 있어요. 엘로드 강 유역의 개발과 무수히 많은 몬스터의 부산물 때문이지요. 알다시피 밤의 일족은 어둠의 마법에 특화된 종족이니까요."

아이작스 백작은 고개를 주억거리며 현재의 상황을 인정했다. 솔직히 제논이 아니었으면 여기까지 올 생각도 하지 못했다. 그저 그레이든 산맥 어딘가에서 자신은 시체가 되어 썩고 있을지도 모른다.

하지만 어찌어찌해서 지금 여기까지 왔다. 이미 그가 자신들의 도움을 받기 위해서 자신들을 도왔음을 안다. 또한, 자신 역시 그것을 인정했고 말이다.

지금이야말로 제논의 은혜에 자신들이 갚아야 할 때임을 깨달은 아이작스 백작이었다. 고귀한 영주이자 왕국의 가장 핵심 귀족인 백작이 되었다. 그리고 또 한편으로 자신에게 아무것도 해준 것이 없다고 하지만 그래도 자신이 나고 자란 왕국이었다.

그러한 왕국이 밤의 일족이니 혹은 달의 일족이니 하는 놈들에게 휘둘리는 것을 가만히 보고 싶은 생각은 없었다. 아이작스 백작은 마음을 굳혔다.

"제가 어떻게 하면 되겠습니까?"

그러한 아이작스 백작을 바라보던 제논의 입가에 희미한 미소가 떠올랐다. 물론, 떠오를 때보다 더 빠르게 사라지고 있었지만 말이다.

"강해지셔야 합니다. 저는 왕국의 수도로 가면 아마도 복권이 될 것입니다. 국왕은 저를 헤밀턴 공작 가문의 방패막이로 사용하려 할 것이기 때문입니다. 아직은 국왕의 전력이 헤밀턴 공작 가문에 대적할 수 없기 때문이지요."

"하면, 문제이지 않습니까?"

걱정스러운 답이 흘러나왔다. 하나, 제논이 표정은 담담하기만 했다.

"제가 국왕이 만족할 만큼의 기간 동안 헤밀턴 공작 가문을 막기 위해서는 국왕 또한 적지 않은 부담을 감수해야 합니다. 그 부담이라는 것은 역시 약소하나마 물질적인 지원일 것입니다."

"그것이 가능하겠습니까?"

여전히 걱정스러운 목소리였다.

"가능합니다. 달의 일족이라 해서 모두 같은 생각을 가진 이들만 있는 것은 아닙니다."

"그렇다는 것은?"

안톤 경이 대화에 끼어들었다. 무언가 느낀 것이 있으리라. 아니 고래로 전해진 달의 일족과 밤의 일족간의 반목에 대해서 어느 정도 알고 있기 때문일 것이다.

그에 대한 대답은 제논이 아니라 클라렌스가 했다.

"아마 생각하시는 바가 맞을 거예요. 현재 달의 일족은 둘

로 갈라져 있지요. 아니, 현재가 아니라 수천 년 전부터 말이
지요. 그들은 주전파와 주화파로요. 주전파는 밤의 일족의 억
압에서 벗어나고자 하는 쪽이고, 주화파는 밤의 일족에 여전
히 충성하는 쪽이지요."

클라렌스의 말에 모든 이목이 집중하였다. 제논 역시 그녀
의 말에 집중했다. 어떻게 그녀가 그런 내막을 알게 되었는지
에 대한 의구심이 생기기도 했지만, 그것은 미루어 짐작할 수
있었다.

그녀는 이제 완연하게 벽을 하나 깨고, 또 다른 봉인을 해
제했을 가능성이 높았다. 이것은 수천 년을 거슬러 올라간 이
면 세계의 지워진 존재에 대한 전설이었으니까.

"과거 밤의 일족에는 다섯 로드가 있었습니다. 그중 가장
강한 자는 블라드 체페슈라 불리는 첫 번째이자 가장 강한 힘
을 지닌 로드죠. 어떻게 보면 밤의 일족의 조상격인 자이지
요."

그렇게 밤의 일족에 대한 클라렌스의 설명이 시작되었다.

밤의 일족의 두 번째 로드는 마커스 셀라시에라고 전해지
고 있었다. 세 번째에서부터 다섯 번째는 수시로 변하기에 그
이름은 전해지지 않고 있다 한다.

다만, 현재는 400년 전 로드의 자리를 차지한 다섯 번째 로
드인 안토니오스 파블로프라는 자가 밤의 일족을 이끌고 있

다고 했다.

그들은 500년을 주기로 일족을 다스리는 로드가 교체되며, 가장 강하면서도 첫 번째인 로드 블라드 체폐슈는 휴식기와 상관없이 멸족의 위기에 닥쳤을 때에만 현신한다고 했다.

"그렇게 이어져 오던 밤의 일족과 달의 일족 간의 공생은 기나긴 세월이 지나면서 서서히 바뀌기 시작했어요. 밤의 일족은 군림하게 되고, 달의 일족은 그들의 노예가 되어 갔지요."

그러다가 사단이 일어났다. 밤의 일족의 세 번째 로드인 루드비코 스포르차의 딸인 아멜리아 스포르차가 신분의 벽을 넘어 당시의 라이칸 슬로프를 이끄는 자인 알렉세이 이노켄티예비치 안토노프와 사랑하게 된 것이었다.

그것은 그를 시기하던 무리의 2인자로 사사건건 안토노프와 맞서던 바실리 바이체프에 의해 알려지게 되었다. 그 결과 알렉세이 이노켄티예비치 안토노프는 체포되었다. 그리고 아멜리아 스포르차 역시 체포되었다.

이 초유의 사태에 대해 당시 세 번째 로드인 루드비코 스포르차는 일족의 경계가 무너질 수 있다는 혹은 자신의 자리를 도전받을 수 있다는 위기감을 느꼈다.

하기에 그는 자신의 딸과 딸을 사랑한 달의 일족의 수장을 체포하여 모든 밤의 일족과 달의 일족이 참여한 가운데 공개

재판을 열었다. 결론은 아멜리아 스포르차의 사형이었다.

루드비코 스포르차는 알렉세이 이노켄티예비치 안토노프를 사형에 처하지 않았다. 그에게는 종신형이 선언되었다. 루드비코 스포르차는 자신이 딸을 희생양으로 삼아 자신이 권력을 지켜낸 것이었다.

당시 루드비코 스포르차는 흔들리는 일족들을 다잡아야만 했다. 일족의 로드로서 말이다. 딸을 살릴 수 있었으나 그리하자면 결국 일족을 분열시키는 결과를 낳을 것이 분명하였다.

그래서 루드비코 스포르차는 알렉세이 이노켄티예비치 안토노프가 지켜보는 앞에서 태양이 가장 강렬한 한여름 오후 12시 정각에 자신이 딸을 태양에 노출시켜 태워 죽였다.

알렉세이 이노켄티예비치 안토노프는 절규하였다. 하나, 자신이 연인은 태양에 비쳐 한 줌의 재로 남았고, 자신은 사슬로 무려 열여섯 곳이 꿰뚫린 채 깊고 깊은 이단의 감옥에 수감되었다.

절망하고 절망할 때 그의 앞에 바실리 바이체프가 나타났다. 그리고 자랑스럽게 말을 했다. 자신이 고했노라고. 그리고 자신이 달의 일족의 로드가 되었노라고 말이다.

그렇게 말을 하면서 하늘을 향해 앙천광소를 머금으며 바실리 바이체프가 이단의 감옥을 벗어났을 때 알렉세이 이노켄티예비치 안토노프는 절망하고 절망하였고, 분노하여 피를 토하였다.

그렇게 시간이 지나고 점점 잊히는 동안 밤의 일족 혹은 달의 일족에게 격변이 일어났다. 멸족 직전까지 가는 심대한 타격을 받은 것이다. 그것은 바로 인간을 사랑하여 인간의 청을 수락한 레드 드래곤 때문이었다.

레드 드래곤 프로미넌스 카르베이너스.

드래곤의 눈물이라는 전설을 만들어 낸 드래곤. 그 드래곤에 의해 밤의 일족과 달의 일족은 멸족 직전까지 갔었다. 그러나 다행히 밤의 일족의 첫 번째 로드인 블라드 체페슈가 나타나 무릎을 꿇음으로서 멸족의 위기를 넘겼다.

그때 알렉세이 이노켄티예비치 안토노프가 머물던 이단의 감옥이 깨어져 나갔다. 너무나 많은 일족이 사라졌기에 이단의 감옥에 있는 자들까지 그 죄를 사하고 받아들인 것이었다.

그것은 밤의 일족의 첫 번째 로드의 명이었다. 일족을 복원시키라는 첫 번째 명령. 그에 알렉세이 이노켄티예비치 안토노프는 풀려났으나 그에 대한 감시는 더욱더 강화되었다.

하나, 시간이 지나면 지날수록 감시는 느슨해졌고, 세월이 흐를수록 과거의 사건은 묻혀갔다. 다만, 세 번째 로드인 루드비코 스포르차만이 달랐다. 그가 로드가 될 때마다 어김없이 알렉세이 이노켄티예비치 안토노프는 이단의 감옥에 수감

되었다.

하나, 그때만이었다. 그 이후에는 다시 그는 풀려났다. 그가 달의 일족의 로드의 자리에서 벗어났다고는 하지만 여전히 달의 일족에 있어서 그의 영향력은 지대했기 때문이다.

달의 일족을 다스리기 위해서는 반드시 그가 필요한 탓이었다. 그렇게 세월을 흘렀고, 알렉세이 이노켄티예비치 안토노프는 마침내 자신만의 세력을 구축할 수 있었다. 밤의 일족의 시선을 피해서.

당대의 달의 일족의 로드인 바실리 바이체프는 그것을 알고 있음에도 섣불리 밤의 일족에게 그 사실을 고하지 못했다. 과거라면 모를까, 지금에 와서는 서서히 다시 알렉세이 이노켄티예비치 안토노프가 로드를 맡아야 한다는 쪽이 우세를 점하고 있었기 때문이다.

바실리 바이체프를 따르는 자와 그렇지 않은 자.

바실리 바이체프를 따르는 자는 여전히 밤의 일족의 노예가 되길 원했고, 그렇지 않은 자는 알렉세이 이노켄티예비치 안토노프를 따르는 자들이었다.

하지만 여전히 주전파인 안토노프를 따르는 라이칸들의 숫자는 부족했다. 안토노프는 끊임없이 기회를 엿보았다. 그리고 수도 없이 이단의 감옥을 드나들었고 말이다.

그러하기를 수천 년.

그리고 지금에 이르렀다.

그렇게 클라렌스의 말은 끝이 났다. 하나, 누구 하나 입을
여는 자는 없었다. 마치 하나의 장구한 역사를 보는 듯한 그
들의 모습이었다.

"안토노프라면… 만나본 적 있군."

제논이 나직하게 말을 했다. 그의 말에 클라렌스의 눈동자
가 흡뜨려졌다.

"그를 만났던가요?"

"만났습니다."

여전한 제논의 단답형의 말에 무언가 약간은 서운한 듯이
인상을 살짝 찌푸리던 클라렌스는 이내 고개를 끄덕이며 말
을 했다.

"그의 목적은 밤의 일족의 멸족이니까요."

"썩 훌륭한 아군이라 할 수 있습니다."

클라렌스의 입가에 미소가 걸렸다. 그에 제논 역시 아주 미
미한 미소를 지어 보였다. 하나, 살짝 움직였을 뿐. 그것을 미
소라 할 수 있을지 의심이 가는 그런 표정이었다.

그러나 클라렌스가 보기에는 그것은 분명 미소였다. 지금
껏 그의 곁에 있으면서 처음 본 미소라고 할 수 있을 것이다.

"헤밀턴 공작 가문은 코린 왕국과 마스터의 공동의 적이로
군요."

겜블 경이 입을 열었다.

"그렇다고 할 수 있소."

"그에 대항하기 위해 실력을 길러야 하겠지요?"

"그렇소."

겜블 경은 물었고, 제논은 대답했다. 단순한 물음과 답이었지만 모든 이들은 정색을 했고, 단단하게 마음을 다잡고 있었다.

"달의 일족이라면 진혈이라면 마스터 이상이 실력을 가진 기사여야 할 것이고, 1세대라면 익스퍼트 최상급 이상, 2세대라면 익스퍼트 상급 이상이어야만 대적이 가능합니다. 밤의 일족 역시 쉽지 않으니, 진혈이라면 7서클 이상, 1세대라면 6서클 이상 2세대라면 4서클 이상이어야만 대적이 가능합니다."

"허어~"

절로 헛바람이 나올 수밖에 없었다. 달의 일족과 밤의 일족이 있었지만 또 하나 간과할 수 없는 것이 바로 키메라였다.

"키메라는 한 마리당 병사 오십을 족히 필요할 것입니다. 그것도 최소한으로 말입니다."

"……."

이제는 헛바람마저 나오지 않았다. 벌렸던 입을 다물었고, 조금은 상기되었던 얼굴이 냉랭하게 굳어졌다. 상상할 수도 없는 전력이었다.

"많은… 노력이 필요하겠군요."

아이작스 백작이 입을 열었다. 그러했다. 실로 대단히 많은 노력이 필요했다. 또한, 흩어진 귀족들을 한데 모아야만 했다.

"저는 국왕의 의도대로 헤밀턴 공작 가문과 맞설 것입니다. 물론, 헤밀턴 공작 가문이 직접 나서지는 않겠으나 그들의 힘을 충분히 약화시킬 수 있습니다. 그러하니 부디 실력을 기르시기 바랍니다."

제논이 자신의 생각을 말했다. 그는 스스로 미끼가 되길 원하고 있었다. 그것이 힘들고 괴로운 길이라는 것을, 궁극에는 자신이 목숨마저 잃을 수 있다는 것을 알면서도 그 길을 가려고 하는 것이었다.

그렇게 말을 마친 제논은 일어났다.

"마지막으로 부탁드립니다. 사사로이는 개인의 복수이겠으나, 조금 더 크게 보면 나와의 사사로운 인연을 가졌던 이들의 죽음을 보기 싫어서라는 지극히 이기적인 심정의 발로입니다. 부디 살아서 웃는 얼굴로 보았으면 합니다."

마지막 말을 한 제논은 등을 돌려 너른 회의실을 벗어났다. 아이작스 백작 이하 모든 이가 그의 등을 바라보았다. 클라렌스 역시 제논의 뒷모습을 보더니 이내 자리에서 일어나 그를 따라 나갔다.

"중요한 것은 그대들은 혼자가 아니라는 것이지요."

대회의실의 문을 나갈 때 클라렌스가 외친 말이었다. 그녀의 말에 퍼뜩 정신을 차린 아이작스 백작 이하 모든 이들이다.

그러했다. 그들은 혼자가 아니었다. 그러함에 제논 역시 혼자가 아니었다.

제논이 대회의실의 문을 열고 나섰을 때 혼자 대회의실 문밖에서 땅콩을 까먹고 있던 스웬슨이 막 땅콩 하나를 던져 입으로 넙죽 받아먹는 모습이 보였다.

땅콩을 받아먹은 스웬슨은 이내 제논을 보았다. 그리고 무에 그리 쑥쓰러운지 뒤통수를 긁적이더니 왼손을 내밀었다. 그 왼손에는 아직 먹지 않은 땅콩이 가득했다.

그에 제논은 피식 웃으며 스웬슨이 건네 준 땅콩을 받아 입안에 집어넣었다. 달콤한 냄새가 나며 와드득 씹혔다. 제논의 그러한 모습에 스웬슨이 활짝 웃었다.

"나는?"

그때 스웬슨의 옆에서 장난스럽게 들려오는 소리가 있었다. 바로 클라렌스였다. 스웬슨은 클라렌스를 처음 본다. 그가 이곳에 왔을 때 클라렌스는 공작가의 소환으로 공작가를 향하고 있었으니 말이다.

멀뚱하게 클라렌스를 바라보는 스웬슨이었다.

"클라렌스 프라네리온 백작님이시다."

"헛! 아이구 이런! 어찌 귀족께서 평민이나 먹는 땅콩을 드시려 하십니까?"

능글맞은 스웬슨이었다. 전혀 부담스럽지 않은 태도로 클라렌스를 대하는 스웬슨이었다. 그러한 스웬슨이 결코 신경을 거스르지 않았는지 클라렌스는 작게 웃음을 지었다.

"당신의 형과 대화할 내용이 있는데 잠시 자리를 비워줄 수 있나요?"

클라렌스의 말에 스웬슨은 슬쩍 제논을 바라보았다. 스웬슨은 그래도 되냐는 물음이었다. 솔직히 자신이 형님을 지킬 필요는 없었다. 형님은 자신보다 백 배는 강한 사람이니까.

스웬슨의 시선을 받은 제논이 가볍게 고개를 끄덕였다. 상관없다는 말이었다. 그에 스웬슨은 무엇을 상상했는지 히죽 헤픈 웃음을 보이며 그 큰 덩치를 가볍게 움직여 둘만의 자리를 만들어 줬다.

그리고 자리를 벗어나면서 클라렌스에게 살짝 일별하면서 의미심장한 웃음을 지어 보였다. 그것은 꼭 무엇을 위해 여기에 있는지 잘 안다는 듯한 그런 표정이었다.

그 표정을 본 클라렌스 역시 자신을 귀족으로 보지 않고, 그저 아름다운 여인으로 보는 스웬슨이 웬지 모르게 살가

웠다. 그에 자신도 모르게 그에게 살짝 미소까지 보여준 클라렌스였다.

"그는 당신과 전혀 다른 사람인가 보군요."

무심결에 입을 여는 클라렌스였다. 그 말에 살짝 그녀를 바라보던 제논은 아무런 표정도 없이 다시 전면을 향했다. 하지만 분명한 것은 조금은 화가 난 듯하다는 사실이다.

"화났어요?"

"그럴 리가. 한데, 하시고자 하는 말이……."

무표정하게 그리 말하는 제논을 힐긋 바라보며 약간은 의미심장하며 아쉬운 듯한 약간은 샐쭉한 표정을 지으며 자신의 하고자 하는 바를 말하는 클라렌스였다.

"아마도 가문이 복권되겠지요?"

"그렇겠지요."

자신이 원하는 목표에 한 걸음 다가가는 굉장한 사건임에도 불구하고 무척이나 담담하게 말을 하는 제논이었다. 원래부터 감정의 기복이 전혀 없었다는 듯이 말이다.

그러한 제논을 빤히 쳐다보는 클라렌스였다. 그녀의 시선을 느꼈음에도 불구하고 무덤덤하게 자신의 걸음만 움직여 나가는 제논이었다. 클라렌스는 그저 피식 웃어넘겨 버렸다.

"헤밀턴 공작 가문은 움직이지 않을 거예요."

"그렇겠지요. 그들은 어찌 보면 지금의 코린 왕국에서는 로드와 같은 가문. 그들이 움직일 때는 아마도 위기 상황이라 느꼈을 때에만 가능하겠지요."

제논의 말에 고개를 끄덕이는 클라렌스였다. 예측이 가능한 분명한 사실이었기 때문이다.

"형부와 언니에게 말을 했어요."

걸음을 옮기던 제논의 움직임이 잠시 멈칫했다. 하나, 이내 다시 걸음을 옮기기 시작했다. 클라렌스 역시 그와 보조를 맞추며 걸음을 옮겼다.

"당신이 돌아왔다고 했을 때 그들은 태연한 가면으로 자신의 심정을 감추었지만 저는 알 수 있었지요. 지극히도 당황스러워 하고 있다는 것을요."

제논은 말이 없었다. 그저 미미하게 고개를 끄덕이기만 했다.

"한데, 한 가지 물어보고 싶은 것이 있어요."

클라렌스가 걸음을 멈추었다. 그에 제논 역시 걸음을 멈추었다. 클라렌스의 시선과 제논의 시선이 부딪혔다.

"그와 그녀가 당신의 앞에 있을 때 당신은 정말 그와 그녀를 벨 수 있나요?"

그녀의 물음에 잠시 말이 없는 제논이었다. 실제 그는 잠시 생각을 하고 있었다. 자신이 정말 그들을 벨 수 있을까 하는 생각 말이다. 한때는 친구였고, 연인이던 사람들이었다.

30년의 시간을 격하고 다시 만났을 때 자신이 아무런 감정도 내비치지 않고, 그들을 죽일 수 있을까 하는 생각. 지금 상황에서는 반드시 죽일 수 있으리라 싶지만, 진정 그 상황이 닥쳤을 때 그럴 수 있을까 하는 생각 말이다.

하나, 제논의 생각은 그리 길지 않았다. 그는 그저 무덤덤하게 확신을 담은 목소리로 클라렌스의 물음에 답했다.

"그 혹은 그녀는 이미 30년 전에 가슴속에 묻었소. 더 이상 싹을 발아시킬 수는 없을 것이오."

"그렇군요."

다소 안심했다는 듯이 동의하는 클라렌스였다. 그들의 걸음이 다시 옮겨졌다. 그리고 한동안 둘은 말이 없었다. 마치 말하지 않아도 모든 것을 안다는 듯이 유난히 포근한 햇볕이 그들을 비추고 있었다.

"저는 당신과 함께 움직일 거예요."

클라렌스의 의외의 말에 제논의 눈이 살짝 커졌으나 이내 원래대로 돌아오며 그녀를 바라보았다. 그의 시선에는 왜 그런 결정을 내렸느냐고 묻고 있었다.

그의 시선을 받은 클라렌스는 그저 앞으로 걸음을 옮기며 조곤조곤하게 말을 이었다.

"내가 레드 드래곤 카르베이너스의 기억을 전승받지 못했다면 이 모든 사실을 알 수 없었겠지요. 카르베이너스는 스스로를 봉인했음에도 여전히 세상을 보고 있었어요."

"그것이 나와 함께하고자 한다는 것을 정당화시키지는 못하오."

"정당화시키는 것이 아니에요."

"하면."

"어찌 보면 내 개인적인 분노라고 해야 할 것이에요."

클라렌스의 말에 제논은 시리도록 푸른 하늘을 바라보았다. 어느새 지독히도 추웠던 겨울이 지나고 봄이 성큼 다가오는 시기가 되었다. 하늘은 여전히 그 자리에 있었고, 여전히 그 푸름을 자랑하고 있었다.

그러한 하늘을 바라보며 제논은 클라렌스가 말한 분노라는 것을 생각해 보았다. 자신도 가족을 잃었지만 클라렌스 역시 가족을 잃었다 볼 수 있었다. 가족을 잃었다 함은 과거를 잃어버렸다 함과 다르지 않았다.

과거가 없는 삶이란 참으로 처절하다. 목적과 의미가 없어지기 때문이었다. 그 지독한 상황을 자신만이 겪는 것은 아님을 알게 되었다. 직접적이든 간접적이든 클라렌스 역시 그 지독한 상황에 직면해 있는 것이었다.

그녀가 레드 드래곤 카르베이너스의 모든 것을 전승 받았다. 하지만 레드 드래곤 카르베이너스가 아닌 인간 클라렌스라면 당연히 분노해야만 했다. 분노가 아니었다면 자신 스스로가 살아 있음을 느낄 수 없을 것이기 때문이었다.

그것을 아는 제논이었다. 지금 그를 지탱하고 있는 것은 냉철함을 가장한 분노일 것이다. 가슴속 저 밑에 자리 잡고 붉은 혀를 날름거리는 분노 말이다.

"힘들지도……."

걸음을 다시 옮기며 제논이 나직하게 말을 했다. 처음 클라렌스는 그 말의 의미를 깨닫지 못했다. 그래서 걸음을 옮기는 제논의 뒷모습을 그저 바라보기만 했다.

하지만 이내 활짝 웃음을 지었다. 봄이 앞당겨지는 듯한 화사한 웃음을 말이다. 같은 길을 가자고 했음에 함께 가자는 말이 돌아왔다. 그리고 그 길이 결코 쉽지 않을 것이라는 말을 들었다.

'나를 걱정해 주는 거잖아.'

그러했다. 제논은 지금 그녀를 걱정하는 것이었다. 물론 그것이 어떠한 감정에서 그녀를 걱정하는지는 모를 일이었다. 제논의 입장에서 그녀를 한 명의 동료로서 걱정하는 것인지 아니면 다른 존재로서 걱정하는지 모를 일이었으나 클라렌스는 그냥 자신의 자의적인 해석을 밀어붙일 생각이었다.

한 사내가 걸어가고 있었고, 그 옆에 한 여인이 걸어가고 있었다. 아무런 말이 없음에도 불구하고 묘하게 아름다워 보이는 둘의 어울림이었다.

　　　　　*　　　*　　　*

"패트리아스 가문이 복권된다고 하더군요."

"……."

헤밀턴 후계자의 말에 그의 앞에 앉아 있던 오브레임 후작의 얼굴이 차갑게 굳어졌다. 하지만 별다른 말이 없었다. 아니 할 말이 없어진 것이었다. 너무나 큰 충격 때문이었다.

"그가… 살아 돌아왔다고 하더니 그 말이 사실이었던 모양입니다."

오브레임 후작은 힘들게 입을 열었다. 그는 자신이 앞에 있는 헤밀턴 후계자에게 결코 하대나 경칭을 사용하지 않았다. 사적으로는 처형이 되었고, 공적으로는 작위는 없으나 실질적으로 공작 가문을 좌지우지하는 그였으니 그럴 수밖에 없었다.

또한, 그것을 떠나서 일족의 서열상 자신보다 한참은 위인 헤밀턴 후계자에게 하대나 경칭을 사용할 수 없음이었다.

"클라렌스가 그 말을 전했을 때 믿지 않았더니 사실인 모양이오."

"……."

물론 그 말은 오브레임 후작 역시 들었다. 하나, 그저 지나가는 말로 치부했다. 패트리아스 백작 가문은 완벽하게 멸문되었으니까 말이다. 그것도 15년 전에.

그런데 결코 지나가는 말이 아니었다. 패트리아스 가문의 마지막 생존자인 제논 패트리아스가 살아남은 것이었다. 그리고 다시 백작이 되어 자신들의 앞에 그 모습을 드러내려 하고 있었다.

"상관없을 것입니다."

오브레임 후작이 무심한 듯 입을 열었다. 물론, 헤밀턴 후계자는 별로 관심이 없었다. 그저 재미난 상황이 벌어지지 않을까 하는 기대감만 있을 뿐이었다.

"다시 제거하면 그만입니다. 그는 후회하게 될 것입니다. 가문을 다시 드러낸 것을 말입니다."

"하면, 그 일은 오브레임 후작에게 맡기겠소."

"믿으셔도 됩니다."

"그래요."

그 말을 끝으로 헤밀턴 후계자는 더 이상 말을 잇지 않았다. 오브레임 후작 역시 자신이 할 말은 다 끝났다는 듯이 자리에서 일어나 서류에 얼굴을 파묻고 있는 헤밀턴 후계가 보든 말든 가볍게 묵례를 올리고 집무실을 벗어났다.

그는 집무실을 벗어나는 그 순간 그의 형태가 바뀌었다. 그의 당당한 모습은 온데간데없고, 그가 있던 자리에서는 수십

의 검은색 박쥐가 생성되며 사방으로 흩어지며 날아가다 이
윽고 한 방향으로 몰려들었다.

그리고 그가 다시 나타난 곳은 오브레임 후작가의 영주성
인 집무실의 안락한 의자였다. 박쥐들이 몰려들었다. 몰려든
박쥐들이 검은 연기처럼 대기에 스며들더니 오브레임 후작이
모습을 드러내었다.

"오셨습니까?"

"오셨어요?"

그의 등장을 눈치채었음인가? 아무도 없던 집무실에 세 명
의 인물이 나타나 오브레임 후작을 맞이했다. 이남 일녀.

일녀는 오브레임 후작 가문의 안주인인 크리스티나 오브
레임 후작 부인이었고, 일남은 오브레임 후작 가문의 제일 기
사단은 다크 울프 기사단의 총기사단장인 라파엘 소리아노였
고, 또 한 명은 오브레임 후작 가문의 책사인 모건 패슬 자작
이었다.

크리스티나 오브레임 후작 부인은 어느새 후작의 등 뒤로
돌아 그럼처럼 그의 옆에 섰으며, 소리아노 총기사단장과 패
슬 자작은 오브레임 후작의 앞에 놓인 의자에 자리를 잡았
다.

"그가 돌아왔다고 하더군."

"들었어요."

"……?"

오직 오브레임 후작 부인만이 그의 말에 답을 했다. 소리아노 총기사단장과 패슬 자작은 그저 의문스러운 표정으로 오브레임 후작을 바라볼 뿐이었다.

"30년 전 멸문되었던 패트리아스 가문이 복권된다고 하더군. 15년 전 제거되었던 패트리아스 가문의 마지막 생존자가 생존해 있어, 그동안의 공로를 인정받아서 말이지."

지극히 메마른 음성이었다. 마치 생명체가 없는 언데드의 목소리를 듣는 듯하였다. 또한, 그러한 오브레임 후작의 말을 듣는 이들 역시 별다른 표정의 변화 역시 보이지 않았다.

다만 소리아노 총기사단장만이 눈동자가 회색으로 변하며 날카로운 송곳니를 드러내고 으르렁거렸을 뿐이었다. 패트리아스 가문이라는 말에 강한 적개심을 드러낸 것이었다.

"문제될 것은 없습니다. 복권된다 하여도 과거 가문의 힘을 회복하기는 요원한 일. 상대할 가치조차 없으며, 다시 밟아주면 그만일 것입니다."

"그렇겠지. 하나, 헤밀턴 공작 가문의 눈을 피해 귀족들을 모아 세력을 구축하고 있는 국왕의 입장에서 보면 그를 아주 적절하게 이용하고자 할 것이네. 어쩌면 우리들의 시선을 돌리려는 목적일수도 있겠지."

오브레임 후작은 패트리아스 가문의 복권을 과감하게 시

행한 국왕의 노림수를 정확하게 파악하고 있었다. 어쩌면 권력을 가진 자들의 속성이라 할 수 있을 것이다.

·현재 국왕은 국왕임에도 불구하고 코린 왕국에 대한 주도권을 전혀 쥐지 못하고, 모든 행정은 공작 가문에 의해 주도되고 있었다. 그야말로 허수아비나 다름없는 존재였다.

그런데 그냥 허수아비로만 존재하기에는 현 국왕은 야심만만한 자였다. 어떻게 해서든지 헤밀턴 공작 가문을 몰아내고 그 그늘에서 벗어나고자 할 것이다. 그러자면 세력을 모아야 할 것이고, 그 세력을 모으는 동안 공작 가문의 시선을 돌릴 만한 무엇이 있어야 할 것이다.

그 무엇이 바로 패트리아스 백작 가문이라 할 수 있었다. 물론, 현 국왕 역시 원래부터 계획하고 있었던 바는 아닐 것이다. 그러하기에는 당시 국왕의 나이가 너무 어렸으니 말이다.

"듣기로는 3년간 영지전을 금한다는 칙령을 내렸다 합니다. 또한, 200의 기사를 제공하고, 5년간 세금을 면제해 줄 계획이라 합니다."

"훗! 3년? 3년이라면 기다려줄 만하지. 상대가 너무 가벼우면 재미가 없으니 말이지."

오브레임 후작은 여유로웠다. 아니, 여유를 가질 수밖에 없다.

자신은 모든 것을 가졌다. 무력과 권력과 명예까지 말이다. 거기에 영생까지 얻은 자신이다.

과거 자신의 친우에 느꼈던 불편한 감정 따위는 이미 잊은 지 오래였다. 이제는 호승심마저 일지 않은 과거의 존재였다. 하지만 이것 하나는 분명했다. 호기심이 이는 것 말이다.

어떻게 변했을까? 과연 뒤바뀐 지금의 상황에 대해 어떻게 나올까? 그리고 오브레임 후작은 상상했다. 과거 자신을 배신한 존재에 무릎을 꿇고 비굴하게 목숨을 구걸하는 과거의 친우의 모습을 말이다.

그에 오브레임 후작의 얼굴에는 이루 형언할 수조차 없을 잔인하고 차가운 미소가 떠올랐다. 생각만 해도 기분이 좋았다. 그래서 기다려 주기로 했다. 맛있는 음식은 원래 아껴 먹는 법이다.

지금 오브레임 후작의 심정이 그러했다. 자신은 과거와 달리 완벽하게 변했다. 자신은 강자였다. 누구에게도 지지 않을 강자 말이다. 그래서 기다리기로 했다.

그때 그의 목 주변을 쓰는 부드러운 손길이 느껴졌다. 기분 좋은 부드러움이었다. 과거 자신이 친우가 차지했어야 할 또 하나의 존재가 자신의 곁에 있다.

모든 과거를 잊고 오로지 자신만을 바라보는 해바라기가 되어서 말이다. 그러하니 기분이 좋을 수밖에 없었다. 그의 귓불에 뜨거운 입김이 토해져 나왔다.

그리고 토해져 나오는 나직한 속삭임.

"그는 당신의 상대가 안 돼요. 과거는 과거일 뿐. 강자의 여유로움으로 그를 지배하세요."

크리스티나 오브레임의 나직한 속삭임은 마치 악마의 유혹과 같았다. 오브레임 후작의 입가에는 여전히 잔인하고 차가운 미소가 잔잔히 떠올라 있었다. 그는 조금은 흥분되는 것을 느꼈다.

'오라! 친구여! 그대에게 영원한 안식을 주마!'

Chapter 04

코린 왕국에 소문이 퍼져 나갔다. 그 소문이라는 것은 바로 30년 전 멸문 당했던 패트리아스 백작 가문이 복권되었다는 소문이었다. 귀족들은 자신들의 귀를 의심했다.

반역이라는 명목으로 모든 일가가 싹 몰살당한 패트리아스 백작 가문이었다. 그런데 그러한 가문을 누가 있어 계승한단 말인가. 그것도 방계의 복권이 아닌 적통의 복권이라 하니 당연히 귀족들은 자신의 귀를 의심할 수밖에 없었다.

그에 귀족들은 소문이 사실인지 확인하기 시작했다. 그리고 그 소문은 점점 더 사실이라는 데 더 무게를 두게 되었고,

마침내 국왕이 패트리아스 백작 가문의 복권을 두고 연회를 베푼다 하니 이제는 믿지 않으려야 믿지 않을 수 없었다.

수많은 귀족들과 기사들이 왕궁의 연회에 몰려들기 시작했다. 모여드는 귀족들과 기사들은 결코 국왕파니 혹은 귀족파니 하는 파당은 없었다.

국왕파는 국왕에 힘을 실을 수 있는 자를 보기 위해서 귀족파는 자신들에게 있어서 최대의 적이 될 적수를 확인하기 위해서 반드시 참여해야만 했다.

지금 코린 왕국의 왕실 연회장은 귀족과 기사들로 바글바글했다. 특이한 것은 연회의 꽃이라 할 수 있는 귀족가의 영애나 귀부인은 전혀 없다는 것이었다. 그리고 미묘한 긴장감이 흐르고 있었다.

저마다 술잔을 들고, 혹은 접시에 약간의 먹을 것을 들고 삼삼오오 모여 대화하고 있으나 왠지 모르게 연회와는 전혀 다른 분위를 자아내고 있었다. 그때 시종장의 말이 연회장에 울려 퍼졌다.

웅성거리던 귀족들이 조심스럽게 자리를 잡고 코린 왕국의 지존인 국왕이 입장하는 모습을 지켜보았다. 국왕은 화려하게 등장하고 있었다. 5년 이래로 지금과 같은 궁정 연회가 없었던 것 치고는 상당히 화려하게 말이다.

국왕이 가장 상단에 걸음을 멈추어 섰다. 그때 시종장이 조심스럽게 국왕에게 붉은색 잔을 바쳤다. 국왕은 그 잔을 받아 들었다. 그리고 입을 열었다.

"오늘의 연회는 30년 전 반역이라는 모함을 받아 멸문을 당했던 패트리아스 백작 가문을 복권시킴과 동시에 새로운 패트리아스 백작 가문의 가주를 여기 모인 모두에게 알리고 자 함이오."

국왕이 입을 열어 소문이 사실임을 확인시켜 주자 연회장 은 바늘 떨어지는 소리조차 들려올 정도로 조용해졌다. 귀족 들과 기사들 모두가 국왕에 집중했다.

국왕은 지금의 상황이 매우 흡족했다. 모든 것이 자신이 계 획한 대로 흘러가고 있었기 때문이다. 자신을 지지하는 자들 을 한데 모으고, 공작을 지지하는 자들을 견제할 하나의 수가 완성되는 순간이었다.

국왕은 자신의 옆에 있는 시종장에게 고개를 끄덕여보였 다.

"제논 패트리아스 백작은 국왕 전하의 앞으로 나오시기 바 랍니다."

이미 백작으로의 임명은 모두 끝난 상태였다. 그리고 이 연 회는 국왕이 자신의 노림수를 성공시키기 위한 수단이었을 뿐이다. 하니 반드시 제논을 이 연회의 주인공으로 만들어야 만 했다.

뚜벅! 뚜벅!

그대 연회장을 울리는 조용한 걸음 소리가 들려왔다. 귀족들과 기사들의 시선이 일제히 발소리가 들려오는 곳으로 향했다. 한 명의 사내가 걸어 들어오고 있었다.

백발에 가을 하늘의 그것처럼 푸른 눈동자를 가진 단단하면서도 날렵한 몸매를 지닌 자였다. 그는 수많은 귀족들과 기사들이 자신을 바라보고 있음에도 불구 전혀 위축됨이 없었다.

꼿꼿하게 펴진 허리 자신 있게 펴진 가슴과 어깨. 무심한 듯 오만해 보이는 눈동자. 그리고 일자로 꽉 다물어진 입술이 그의 고집스러움을 보여주고 있었다.

지금 연회장은 침 넘어가는 소리조차 들릴 정도로 조용했다. 불안스럽게 바라보는 자가 있는가 하면 질투의 시선을 하고 바라보는 자 혹은 돌아온 왕국의 검과 방패의 주인공에 대한 경외감이 중첩되었다.

온갖 상념과 시선이 집중되는 순간이었다. 마치 영원처럼 말이다. 하지만 제논 본인에게는 그저 짧은 순간이었을 뿐이었다. 그의 모습은 흡사 숲을 지배하는 오우거와 같은 모습이었다.

"국왕 전하의 충실한 검이자 방패인 제논 패트리아스. 기나긴 세월을 건너 이곳에 복귀합니다."

제논의 음성이 연회장을 울렸다. 제논의 목소리에 코린 왕국의 팔레티 국왕은 잔잔하게 미소를 지었다. 자신의 생각대로 흘러들어 가고 있었다. 이 모습은 자신이 원하는 모습이었다.

과거 왕국의 검과 방패가 다시 돌아와 자신을 감싸고 있다는 느낌을 받을 정도로 말이다. 흡족한 웃음을 터뜨린 코린 왕국의 팔레티 국왕이 자신의 손에 들고 있던 잔을 들었다.

"돌아온 왕국의 검과 방패를 위하여!"

"위하여!"

모두가 잔을 들었다. 그에 연회장은 본격적으로 연회가 시작되었음을 알리듯 잔잔하고 고풍스러운 음악이 깔리기 시작했다. 국왕은 자신의 앞에 있던 제논에게 잔을 건넸다.

제논은 자신에게 잔을 건네는 국왕의 잔에 술잔을 살짝 기울여 쨍 소리가 나도록 부딪혔다.

"먼 길을 돌아온 검과 방패를 위하여!"

"코린 왕국의 영광을 위하여!"

국왕이 선창을 하고 제논이 그 뒤를 이어 답을 했다. 그리고는 국왕이 상단에서 걸음을 옮겨 제논의 옆으로 자리에 섰다.

"돌아와 줘서 고맙소."

"당연한 일이라 생각하옵니다."

"그래. 그렇지. 하나, 지금의 귀족들은 그러한 당연한 것을 잊어먹고 있는 듯싶어 심히 안타까운 일이오."

푸념하듯이 제논에게 말을 하는 팔레티 국왕이었다. 그러한 국왕의 모습에 슬며시 미소를 띠운 제논이었다. 엉큼한 너구리가 따로 없었다. 하나, 이해 못하는 것도 아니었다.

수십 년을 헤밀턴 공작 가문의 눈치를 보며 살아온 국왕이었다. 그리고 마침내 자신이 세웠던 대계가 눈앞에 다가왔으니 기분이 좋지 않을 수 없을 것이다. 하지만 그것을 알고 있는 제논은 여전히 여유로웠다.

사실 제논의 그런 생각과는 다르게 국왕은 조금 안타까웠다. 지금과 같은 시대가 아니었으면 진정으로 아까운 전력이 바로 자신의 앞에 서 있는 패트리아스 백작이기 때문이었다.

"하면, 즐기도록 하시오."

"배려 감사하옵니다."

코린 왕국의 팔레티 국왕은 아쉬운 마음을 달래었다. 더 이상 패트리아스 백작을 바라본다면 죄책감이 더 심해질 것 같아서였다. 제논은 그런 팔레티 국왕을 등 뒤로 하고 군중 속으로 사라졌다.

그러한 패트리아스 백작을 바라보며 팔레티 국왕은 씁쓸하게 웃고 말았다.

'부디 살아남으시게. 하고, 미안하오.'

국왕은 연회장을 벗어나지는 않았으나 연회와는 조금 동떨어진 자리로 향했다.

그것은 주최한 자로서 연회에 빠질 수 없으나 왕국의 지존이 있는 자리에서 자신이 있음으로 해서 사교에 있어 어려움을 겪지 않도록 존재감을 감추고자 하는 배려였다.

그러한 국왕의 마음을 알았음인지 연회장의 음악이 조금은 경쾌하게 변했다. 귀족들의 움직임이 조금씩 빨라졌다. 오늘의 주인공은 그 누구도 아닌 바로 패트리아스 백작이었으니까.

가장 먼저 다가온 자는 지긋한 나이로 보이는 중년의 귀족이었다. 그의 행동거지를 보건대 결코 제논에게 악의를 가지고 있지는 않아보였다.

"반갑습니다. 본 작은 백작님의 옆에 영지를 가진 카일 로쉬 자작이라 합니다. 앞으로 잘 부탁드립니다."

"그렇습니까? 반갑습니다. 영지를 다스림에 있어 서툰 부분이 많습니다. 많은 지도 편달 부탁드립니다."

제논이 스스로 낮추며 말을 하자 로쉬 자작은 그것이 의외였던지 아니면 그것이 오히려 기분이 좋았는지 너털웃음을 터뜨리며 기분 좋은 대화를 이어갔다.

대체로 백작쯤 되면 웬만해서는 자신을 낮추지 않는다. 백작은 왕국의 기둥이라 할 수 있었다. 대영주이자 실질적인 전권을 휘두르는 작위가 바로 백작이다.

그러하기에 대부분의 변경백은 백작이며, 왕실 기사단이나 혹은 중요 내정을 관리하는 귀족은 대부분이 백작의 작위를 가지고 있었다. 그만큼 백작이라는 작위는 대단히 중요한 위치에 있는 작위였다.

그러한 작위와 권력을 가진 자가 스스로 자신을 낮춘다는 것은 극히 드문 예라 할 수 있었다. 그런데 제논은 그것을 행하고 있었으니 로쉬 자작은 왠지 모르게 자신이 대우를 받는 듯한 느낌을 받은 것이었다.

하나, 모두가 그렇게 생각하는 것은 아니었다. 로쉬 자작이 국왕파의 인물이라면 그렇지 않은 자들은 역시 귀족파의 인물들일 것이다. 처음 제논을 소개할 때부터 제논을 고깝게 바라보던 이가 있었으니 그는 다름 아닌 귀족파 중 중견을 이끄는 캔드릭 바우처 백작의 장자, 래프리스 바우처였다.

"흥! 겁쟁이 같은 놈이 무에 그리 자랑이라고 이곳에 나타났단 말입니까? 가문이 멸문 당하던 그 순간 대체 어디에 처박혀 숨을 죽이고 있다 이제야 고개를 들고 나타나는 꼴이라니."

그 소리가 약간 컸다. 하지만 약간 컸던 그 목소리는 약간은 시끌한 연회장이었으나 아직 서로의 친분이 트이지 않아 어색해하던 귀족들의 귀를 정확하게 울리고 있었다.

제논 역시 그 말을 들었다. 제논의 시선이 래프리스 바우처에게로 향했다. 그리고 그에게로 걸음을 옮겼다.

"본 작은 제논 패트리아스 백작이라 한다. 그대는 누구인가?"

"흥! 본인은 캔드릭 바우처 백작 각하의 장자인 래프리스 바우처라 하오."

"하면, 정식으로 작위를 받지 않은 자로군."

"뭐?"

쫘아아악!

날카로운 소리가 들려오면서 래프리스 바우처의 얼굴이 확 돌아갔다. 그 순간 모든 귀족들의 눈이 휘둥그레 떠졌다. 아무리 상대가 작위를 받지 않은 자라 하나 저렇게 과격한 행동을 할 줄은 몰랐던 것이었다.

물론, 작위를 받지 못한 자가 작위를 가진 자에게 하오체를 쓴다거나 혹은 자존심을 건드리는 행위를 하는 것은 귀족간의 예의를 봐서라도 결투의 대상감임은 분명하였다.

"가, 감히."

쫘아아아악!

"감히라는 말은 신분이 높은 자나 힘을 가진 자가 신분이 낮은 자나 힘이 없는 자에게 하는 말이다. 감히 작위도 갖지 않은 자가 대코린 왕국의 백작에게 반말을 하고, 자존심에 상처를 입혔으니 어찌 이런 작태를 그대로 둘 수 있는가? 내 비록 이제 백작의 작위에 올랐으나 귀족의 의무를 모르지 않는 터. 귀족의 예법을 모르는 귀족가의 영식에게 준엄한 귀족가의 예를 알려주마."

제논은 두 번째 따귀를 맞아 저만큼 날아가 떨어진 래프리스 바우처를 향해 발걸음을 내딛었다. 그때 그의 앞을 가로막는 이가 있었다.

"멈추어 주시길."

"그대들은 누구인가?"

"바우처 백작 가문의 기사인 앨드윈 래프린과 샤이 프레슬리라 합니다."

기사들이 자신의 이름을 밝혔으나 제논의 시선은 여전히 두 번째 뺨을 맞고 정신을 차리지 못하고 있는 래프리스 바우처를 향한 채 물었다.

"한데 그대들은 나를 가로막는 이유가 무엇인가?"

"저희는 래프리스 바우처님의 호위 기사입니다."

"그래서?"

"예?"

오히려 놀란 것은 래프리스 바우처를 호위하는 기사들이 놀랐다. 주군을 호위하는 호위 기사라는데 그래서라니. 이게 대체 무슨 말이란 말인가?

"그래서 대체 어쩌겠다는 것인가? 본 작이 본 작의 자존심을 뭉개는 행동을 한 귀족가의 자제를 두고 본 작의 자존심을 구기라는 것인가? 그대는 그렇게 귀족가의 기사로서 귀족의 자존심을 그 정도로밖에 보이지 않는가? 비켜라! 비키지 않으면 그대들 역시 주인과 같은 죄를 물을 것이다."

스스슷!

그리고 제논의 전신에서 이루 형언할 수 없는 기세가 피어올랐다. 순간적으로 두 명의 기사는 제논의 그 기세에 밀려 뒷걸음질을 치고야 말았다. 제논은 그들이 움직인 만큼 앞으로 걸음을 옮겼다.

"큭!"

"비키라 했다."

담담한 듯 무심한 제논의 목소리가 흘러나왔다. 기사들에게는 제논의 그러한 분노를 절제하는 그 모습이 오히려 더 공포스럽게 다가오고 있었다.

그때,

"그들을 용서해 줄 수는 없겠소?"

중후한 목소리가 들려왔다. 제논의 시선이 그 목소리의 주인공을 찾았다. 제논은 한눈에 알아볼 수 있었다. 그가 바우처 백작 가문의 가주인 캔드릭 바우처 백작이라는 것을 말이다.

"바우처 백작이라면 용서해 줄 수 있소? 내가 바우처 백작을 코린 왕국의 오롯한 군주이신 국왕을 배신하고, 공작의 편에 서 국정을 농단한다는 말을 하면 말이오."

"무엇이……."

제논의 말에 바우처 백작이 소리를 질렀다. 그러한 바우처 백작의 모습을 바라보며 싸늘하게 웃는 제논이었다.

"그런 것이오. 지금 백작의 자제가 나에게 저지른 것은 바로 지금 백작이 느끼는 감정 그대로이오."

"가소로운 놈. 뚫린 입이라고 못하는 말이 없구나. 좋다. 어찌할 것이냐."

제논의 말에 바우처 백작은 마치 무언가를 짓씹듯이 말을 내뱉었다. 그에 제논은 자신의 장갑을 바우처 백작의 얼굴에 집어던졌다.

"결투를 신청하오. 자식의 실수는 역시 그 부모의 실수. 자식이 나서지 못함에 그의 부모인 백작에게 결투를 신청하는 바이오."

바우처 백작은 슬쩍 자신의 얼굴을 맞고 떨어져 내린 장갑을 바라보았다. 당황한 얼굴이었다. 설마 연회의 중간에 결투를 신청할 줄은 몰랐기 때문이다. 그것은 일을 저지른 래프리스 바우처나 그를 감싸고 돈 두 명의 호위 기사 역시 다르지 않았다.

그들만이 아니었다. 일이 이렇게 진행될 줄 몰랐던 귀족들 역시 놀라운 얼굴을 하고 있었다. 하지만 한편으로 지루한 연회에 재미난 구경거리가 생겼음인지 진한 호기심을 내비치는 이들도 있었다.

특히나 존재감을 지우고 있던 국왕은 더욱더 그랬다. 지금 패트리아스 백작은 화려한 신고식을 준비하고 있었다. 지금 상황이 다분히 의도적이라는 것은 국왕의 눈에도 보였다.

하지만 저렇게 시선을 모아줄수록 국왕으로서는 편했다. 아니 오히려 그것을 바라고 있었다. 그런데 그러한 국왕의 심정을 알아주기라도 하듯이 바우처 백작의 장자가 일을 저질러주고 있었다.

국왕은 미소 지었다. 이때쯤 자신이 나서주는 것이 좋았다. 팔레티 국왕이 나섬에 귀족들이 길을 열었다. 그리고 팔레티 국왕은 입을 열었다.

"귀족가의 자제로서 작위를 가진 백작의 명예를 더럽힌 말을 한 점은 명명백백한 래프리스 바우처의 잘못임이 인정되는 바, 스스로의 힘으로 현재의 상황을 정리하지 못함에 그의 아비인 캔드릭 바우처 백작이 현재의 상황을 정리토록 하는 것이 맞다."

팔레티 국왕의 말은 한 치의 틈도 없었다. 무어라 반박할 수 없음이었다. 그도 그럴 것이 그는 코린 왕국의 지존이었으니까.

"이에 제논 패트리아스 백작의 결투는 정당하다 인정되며 바로 왕국 근위 기사단의 연무장에서 그 결투를 실행토록 허한다."

"국왕 전하의 영명하신 판단에 감사드리옵니다."

제논이 허리를 숙여 국왕에게 예를 다하고 일어서 연회장을 벗어났다. 이미 만인에게 공표된 결투였다. 미적미적 미룰 필요가 없음이었다. 그러한 그를 따라 귀족들이 움직였다.

팔레티 국왕 역시 움직였다. 그러나 팔레티 국왕은 그냥 움직이지 않았다. 아직도 갑작스럽게 일어난 현실을 인지하지 못하고 당황해 서 있는 바우처 백작을 지나면서 나직하게 말을 전했다.

"좋은 기회이겠소. 신임 백작이기는 하나 왕국의 검이자 방패인 가문과 결투라니 말이오. 하나, 조심해야 할 것이오. 과인이 아무런 이유도 없이 그에게 왕국의 검과 방패라는 명예를 내린 것이 아니니 말이오."

팔레티 국왕은 그렇게 말하면서도 속으로는 솔직히 많이 궁금했다. 과연 제논 패트리아스라는 자가 왕국의 검과 방패 칭호를 받을 수 있는, 혹은 지킬 수 있는 자인지 말이다.

이런저런 생각을 하면서 팔레티 국왕은 왕실 기사단의 연무장으로 이동했다. 그러자 이미 연무장에는 귀족들과 기사들이 가득 차 있었고, 패트리아스 백작과 바우처 백작이 좌우로 나눠 진형을 정한 채 대기하고 있었다.

국왕이 결투의 장에 들어서자 제논과 바우처 백작이 국왕을 중심으로 마주보고 섰다.

"이것은 신성한 결투이며 결투의 결과에 대해서는 이의 없음을 알리고자 과인과 여기 참여한 수많은 귀족과 기사가 이 결투의 증인이 될 것이오. 이에 양 당사자는 이 결투의 방식과 상대를 정하시오."

국왕의 말에 진득하게 미소를 짓는 바우처 백작이었다. 귀족은 정당함을 사랑한다. 그래서 결투마저도 정당했다. 결투를 신청한 쪽에서 방식을 정하는 것이 아니라 결투를 받아들이는 쪽에서 먼저 그 방식을 제시하기 때문이었다.

"결투는 열 명의 기사로 치르며, 연승제이며, 상대가 죽는다 하여도 어떠한 제재를 가할 수 없는 정당한 결투로 인정되어야 하옵니다."

그렇게 말을 한 바우처 백작이 진득한 살기를 담고 제논을 바라보았다. 하나, 그러한 바우처 백작의 득의만만한 모습에도 불구하고 제논은 전혀 흐트러짐이 없었다.

"본 작의 명예를 더럽힌 바우처 백작 가문의 장자는 반드시 이번 결투에 참여해야 하옵니다."

바우처 백작의 안색이 살짝 굳어지다 이내 풀렸다. 상관없었다. 자신의 아들이 결투에 나간다 하여도 순번을 가장 후위에 두면 그만이니까 말이다. 모르는 이가 본다면 제논이 지극히 불리한 조건이라 할 수 있었다.

이제 갓 복권된 가문에 어찌 기사가 있을 수 있을 것인가? 그 말은 결국 혼자서 열 명의 기사와 모두 결투를 치러야 한다는 말이었다. 때문에 팔레티 국왕은 약간은 걱정스러운 표정을 지을 수밖에 없었다.

하나, 팔레티 국왕이 슬쩍 흘려본 제논의 모습은 여전히 당당하고 담담했다.

'믿는 구석이 있는 것인가?'

그렇게 생각할 수밖에 없었다. 그렇지 않고서는 바우처 백작의 말에 저리도 평온할 수 있을 리가 없었기 때문이었다.

"양측은 서로의 조건에 이의 없소?"

"없사옵니다."

"없사옵니다."

제논과 바우처 백작은 동시에 입을 열어 동의했다.

"좋소. 그럼 각자의 진영으로 돌아가도록 할 것이며, 지금으로부터 약 10분 후 결투를 시작하겠소."

제논은 자신이 진영으로 돌아와 앉았다. 그의 주변에는 아무도 없었다. 동생인 스웬슨도 없었고, 클라렌스도 없었으며, 그를 응원하는 기사들이나 귀족들도 없었다.

그저 황량하기 그지없는 의자 하나만 덩그러니 놓여 있었다. 제논은 그 의자에 앉아 주변을 둘러보았다. 몇몇의 귀족과 기사들은 제논을 걱정스러운 시선으로 바라보고 있었다.

과거 왕국의 검과 방패라는 명성을 지닌 가문의 후예였다. 당연히 과거를 기억한 이들은 그 명성의 부활에 기대를 걸고 있었다. 진정한 기사와 진정한 귀족의 부활을 말이다.

하나, 자칫 잘못하면, 제대로 펼쳐 보이지도 못하고 다시 과거에 묻힐 위기에 처해 있었다. 바우처 백작이라면 귀족파라고는 하지만 가진 바 무력이 결코 약하지 않기 때문이었다.

아니, 어쩌면 귀족파에서도 수위를 차지하는 무력이라 할 수 있었다. 귀족들의 무력이란 결국 기사단의 무력이다. 바우처 백작 가문의 블랙 이글 기사단은 왕국에서도 수위를 다투는 그런 기사단이었다.

그러하니 걱정스러운 표정은 당연했다. 그나마 제논을 걱정스럽게 바라보는 귀족들이나 기사들은 나은 편이었다. 숫제 귀족파의 귀족들은 노골적으로 조롱이 섞인 말을 서로의 귓속말로 주고받고 있었으며 경멸의 시선으로 제논을 바라보고 있었다.

그리고 나머지의 귀족과 기사들은 눈알을 심하게 굴리면서 어디로 붙어야 할지 고민하는 모양새였다. 국왕이 내세운 인물을 간단히 흘려 버리기는 어려운 것이었다.

하나, 그들이 지금 당장 할 수 있는 것은 없었다. 그저 결투의 결과를 지켜본 후 움직이면 그뿐이었다. 그러함에도 쉴 새 없이 눈알을 굴려 이해타산을 계산하고 있었다.

그때 결투장으로 마련된 곳에서 외침이 들렸다.

"첫 번째 결투 대상자는 앞으로 나오시오."

제논은 자리에서 일어났다. 그리고 말없이 결투장으로 걸음을 옮겼다. 제논이 향하는 곳에는 이미 바우처 백작 가문의 기사가 들어서 있었다. 오만하게 눈을 내리깔고 비웃는 듯한 묘한 웃음을 입에 물고 말이다.

제논이 결투장에 올라 바우처 백작이 있는 곳을 바라보았다. 바우처 백작은 귀족들 틈에 있지 않고, 결투장 주변으로 내려와 있었다. 그의 옆에는 그의 아들이 거만하고 비웃음 가득한 눈으로 자신을 바라보고 있음은 두말할 필요도 없었다.

"이 결투는 국왕 전하께서 인정한 정당한 결투임을 증명하며, 귀족으로서 혹은 기사로서 정당하지 못한 방법은 결코 허용되지 않소."

그저 말없이 고개를 끄덕이는 제논이었다. 기사 역시 마찬가지였다. 기사는 오히려 그러한 잔소리를 하는 귀족이 귀찮다는 듯한 표정마저 짓고 있었다.

"준비되었으면 첫 번째 결투를 시작하시오."

그 말과 함께 둘 간의 중재를 나선 귀족이 결투장을 벗어났다. 그러함에도 즉각적으로 공격하지 않고, 바우처 백작 가문의 기사가 제논을 향해 당당하게 걸어와 얼굴을 제논의 코앞에 들이밀며 입을 열었다.

"애송이 귀족. 결투가 무엇인지를 보여주마. 크크큭!"

기사는 제논보다 머리 한 개는 더 컸다. 제논은 슬쩍 자신을 향해 고개를 들이미는 기사를 바라보았다. 그리고 입을 열었다.

"치워."

"뭐? 치워? 크크큭! 재미있군. 그 정도 배짱은 있어야지."

그 말과 함께 기사가 물러나고 이내 거대한 해머를 꺼내 들었다.

"무기를 드시오!"

제논에게 외쳤다. 하나, 제논은 반응이 없었다. 대신 그의 팔이 올라갔다. 가볍게 말아 쥐었던 손가락 중 검지가 살짝 펴졌다.

그리고,

까딱 까딱.

거대한 해머를 꺼내 듦에도 무기조차 들지 않은 것도 지독히도 기사를 모욕하는 일이거늘, 용병들에게나 사용할 법한 손가락질을 함에 기사의 눈은 벌게지고 말았다.

모욕을 받았다고 생각한 것이었다. 그것도 절대적인 강자에게 당한 것도 아니고, 제대로 된 검술조차 익힌 것 같지 않은 자가 자신을 용병 나부랭이 대하듯 하니 당연한 반응이었다.

"이노오옴! 죽엇!"

기사는 방어를 염두에조차 두지 않았다. 한 방이면 되는 것이다. 저깟 허약한 귀족 나부랭이쯤은 그저 단 한 방에 피 떡으로 만들어버리면 된다고 생각하는 기사였다.

그에 기사는 전광석화처럼 움직여 두 손으로 거대한 해머에 오러를 시전하고 위에서 아래로 찍어 내리고 있었다. 그것을 지켜보고 있는 기사들이나 귀족들은 안타까운 신음성을 내뱉었다.

"허어~ 저 기사는 힘이 장사여서 혼자 능히 보통의 기사 열을 감당한다는 브루투스 경이 아니던가? 어쩌자고 저 무식한 기사를 도발한 것인지. 그러지 않았다면 그나마 약간의 시간을 더 살아남았을 것을."

"쯧, 바우처 백작이 아예 작정을 한 것 같군요."

"그러게 말이네."

그들은 이미 제논의 앞날을 알고 있다는 듯이 제멋대로 지금의 상황에 대해 평하였다. 하나, 그들의 생각이 정말 지독히도 잘못되었다는 것을 아는 데에는 그리 오랜 시간이 소요되지 않았다.

제논은 자신의 머리 위에서 찍어 내려오는 해머를 향해 손을 들어 올렸다.

'흥! 미친놈! 마나가 시전된 해머를 맨손으로 잡는다고?'

기사 브루투스는 득의만만한 웃음을 지었다. 그는 이미 약간의 시간이 지나면 자신의 해머에 피떡이 되어 죽어 나자빠질 귀족을 상상하고 있었다.

하나,

터억!

막혔다, 아니 잡혔다.

막아 흘리는 것도 아니고 손바닥으로 자신의 거대한 해머가 잡혀 버렸다.

"이익!"

후우웅!

기사 브루투스는 마나를 더욱 끌어 올렸다. 그리고 자신의 해머에 마나를 불어 넣었다. 꿈쩍도 하지 않는 해머. 그에 뭔가 이상해 해머를 회수하려 했다. 하나 무슨 단단한 아교라도 붙인 듯 떨어지지 않는 자신의 해머였다.

"으그그극!"

그에 기사 브루투스는 더욱더 많은 마나를 해머에 불어 넣었다. 하나, 결과는 똑같았다. 기사 브루투스의 이마에 굵은 힘줄이 툭 붉어졌고, 얼굴은 시뻘겋게 달아올랐다.

뚜둑! 뚝!

그의 이마에 맺혔던 땀이 주르륵 흘러내려 턱에 매달렸다. 또 한 방울의 땀이 흘러내려 겹치기를 반복하자 그 무게를 이기지 못한 땀방울이 떨어져 내려 그의 발치를 적셨다.

'이건 뭔가… 잘못되었다.'

그것을 느끼는 순간 기사 브루투스는 제논의 신형을 시야에서 놓쳤다. 그리고 느껴지는 아득한 무엇!

콰직!

단지 그 소리뿐이었다.

순간 기사 브루투스는 눈앞에 불이 번쩍하는 느낌이 들었고, 자신의 복부에서부터 퍼져 나가는 기이한 고통에 입을 쩍 벌리고 말았다.

"끄아아악!"

투후웅!

기사 브루투스의 허리가 접혔다. 그의 다리가 떠올랐다. 그리고 허리가 접혀 손과 발이 일자를 그렸다. 그의 거대한 덩치가 마치 깃털처럼 가볍게 제논이 내지른 주먹의 반대편으로 쏜살같이 튕겨져 나갔다.

"잡아!"

기사 브루투스가 튕겨져 나간 곳은 공교롭게도 기사들의 대기석이었다. 두 명의 기사가 기사 브루투스를 잡으려 움직였다.

하나,

"허어억!"

우당탕탕탕!

"크으윽!"

날아오는 기사 브루투스를 잡으려 하던 기사들마저 그 막강한 힘을 제대로 감당하지 못해 뒤로 밀리며 한꺼번에 굴러떨어졌다. 귀족들과 기사들의 눈이 커지고 입이 벌어졌다.

기사 브루투스.

그는 결코 그렇게 가볍게 날아갈 만한 인물도 아니었거니와 단 일격에 정신을 잃을 정도로 형편없는 실력을 가진 기사였다.

"판정은?"

하나, 그러한 군중의 놀람에는 전혀 관심 없다는 듯이 어느새 편안한 자세로 돌아온 제논은 결투장 아래에서 멍하니 입을 벌리고 서 있는 판정관에게 물었다.

"아? 어… 처, 첫 번째 결투는 제논 패트리아스 백작님의 승리입니다. 다음 결투 기사 나오시오."

판정관이 외쳤음에도 불구하고 첫 번째 결투의 결과가 너무나도 어이없었는지 아직도 정신을 차리지 못한 군중과 바우처 백작 진영의 결투 기사들이었다.

그중 가장 충격이 큰 것은 역시 바우처 백작의 장자인 래프리스 바우처였다. 별 볼 일 없는 그저 그런 자인 줄 알았다. 하나, 아니었다. 그 이유는 기사 브루투스가 얼마나 강한 기사인지 아는 까닭이었다.

그때 래프리스 바우처의 어깨에 잡은 손길이 느껴졌다. 자신의 아버지인 바우처 백작이었다. 래프리스 바우처의 시선의 백작을 향했다. 근엄한 눈동자. 자부심이 깃든 눈동자였다.

한 명의 기사가 절명인지 아니면 기절인지를 모를 상황에서도 자신의 아버지의 눈동자는 여전히 냉정했다. 그에 래프리스 바우처는 심호흡을 크게 하고 주먹을 불끈 쥐었다.

"듀란 경, 나가게. 결코 경시할 수 없는 자이니 조심하도록 해야 할 것이네."

"염려 놓으시길. 저는 결코 브루투스와 같이 어리석지 않습니다."

듀란 경은 브루투스 경이 상대를 너무 얕잡아 봤다고 생각했다. 오우거는 고블린을 사냥할 때에도 최선을 다하는 법이다. 처음부터 최선을 다해야만 했다. 결투 중 대영주인 귀족을 죽였다 해도 하등 문제가 되지 않으니 말이다.

듀란 경은 굳은 다짐을 하고 자신의 그레이트 소드를 뽑아들고 결투장으로 걸음을 옮겼다. 그는 결투가 시작되자마자

자신의 가장 자신 있는 수법으로 상대를 일시에 제거할 목적
이었다.

"결투 시작!"

말이 떨어지기 무섭게 듀란 경은 쾌속의 속도로 회전하며
제논을 향해 쇄도해 들어갔다. 단번에 상대의 허리를 난도질
하겠다는 듯이 말이다.

카라라랑!

쇠와 쇠가 부딪히는 소리가 들려왔다. 하나, 듀란 경은 멈
출 수 없었다. 회전을 멈추는 순간 자신이 역으로 당할 것 같
은 느낌이 들었기 때문이다. 그리고 그레이트 소드를 타고 흘
러 들어오는 충격파가 조금씩 더 강해지고 있었다.

듀란 경은 공격을 변환시켰다. 수평적인 공격에서 수직의
공격으로, 연이어 다시 사선으로, 그리고 다시 찔러 들어가기
로, 위에서 아래로 좌하에서 우상으로. 끊임없이 공격 루트를
바꿔갔다.

하나, 그의 손끝에 걸리는 감각은 모두 허공을 맴도는 느낌
을 받고 있었다. 마치 고대 던전을 지키고 있는 쉐이드를 보
는 것 같았다. 베어도 베이지 않았고, 찔러도 찔리지 않았다.

그에 한껏 마나를 불어 넣어 더욱더 휘황찬란한 오러 얀이
펼쳐졌다.

"우와아악!"

커다란 함성과 함께 어떻게 해서든지 제논을 제거하려는 듯 수평으로 빠르게 찔러 들어가는 듀란 경이었다. 그레이트 소드의 끝 지점에 있던 제논의 신형이 마치 고스트처럼 휘돌았다.

상당한 거리임에도 불구하고 한두 번의 동작으로 어느새 듀란 경의 허리를 스치고 지나가는 제논의 신형이었다.

"크흐윽!"

듀란 경의 입에서 답답하고 고통스러운 신음성이 흘러나왔다. 그와 함께 그의 옆구리에서는 검붉은색의 피분수가 흘뿌려졌다. 순간 정신이 아득해지는 듀란 경이었다.

재빨리 몸을 움직여 적의 공격권으로부터 멀어지며 마나를 이용해 옆구리에 난 상처를 지혈하려 하였다. 하나, 제논은 결코 한 번 잡은 먹이를 쉽게 놓아주고 싶지 않았다.

콰아앙!

"커허어억!"

그때 듀란 경은 자신의 등 뒤에서 느껴지는 둔중하고 아찔한 충격에 입을 크게 열어 비명을 지를 수밖에 없었다. 어느새 제논이 듀란 경의 배후로 돌아가 어깨로 듀란 경의 허리를 그대로 강타한 것이었다.

듀란 경은 눈이 흐릿해짐과 동시에 전신의 근육이라는 근육이 모두 자리를 이탈하고, 뼈라는 뼈는 모두 자근자근 부서져 나가는 듯한 충격을 느꼈다. 그리고 그 느낌을 끝으로 아무것도 보이지 않았다.

또 한 번의 승리.

또 한 명의 결투 기사 결투장에 올라왔다. 하나, 결코 제논의 상대는 되지 못했다. 그 모습에 군중은 환호성조차 지르지 못했다. 일격 일격이 치명타였다.

그와 맞붙은 기사들은 어떠한 형태로든지 죽음을 맞이했다. 그를 비방할 수는 없었다. 이 결투는 죽음의 결투. 상대를 죽여야만 끝이 나는 결투였고, 상대는 무려 열 명의 지독히도 강한 기사들이었다.

그러한 기사들을 상대하며, 전혀 흐트러짐도 없이 단 한 번도 결투장 밖으로 나가 휴식을 취함도 없이 끊임없이 도전해 오는 기사들을 일격에 쓰러뜨리고 있었다.

처음 그를 걱정하던 몇몇의 기사들과 귀족들은 소리 없는 환호성을 질렀고, 그를 경멸하고 비웃던 기사들과 귀족들은 벌린 입을 다물지 못하고 지금의 상황을 대체 어떻게 해석해야 할지 몰라 했다.

특히, 과거 왕국의 검과 방패의 가문을 복권시킨 팔레티 국왕의 놀람은 실로 대단했다. 그는 제논의 치밀함과 악랄함에 놀라워했다. 정통의 귀족이라면 절대 하지 않을 일을 그는 아무런 거리낌도 없이 행하고 있었다.

그리고 그는 만족했다.

자신의 세력을 강화하는 데 시간 벌기용으로 사용하고 했던 자가 의외로 대단한 실력을 지녔음에 말이다. 하지만 아직까지 그를 자신이 품을 생각은 하지 않았다.

영지의 경영이란 본디 단 한 명의 강함으로 모든 것이 해결되는 게 아니기 때문이었다. 전설의 드래곤이 있다면 모를까, 절대 불가능한 일이었다. 그러하기에 자신을 품는 것은 고려하지 않을지라도 시간 벌기용으로는 참으로 적절했다는 생각이 들었다.

그러는 순간 결투는 점점 그 마지막으로 다가가고 있었다. 열 명의 기사 중 여덟이 즉사했다. 한 명은 도저히 기사로서의 역할을 할 수 없을 정도로 망가져 버렸다.

그리고 지금 제논은 바우처 백작 가문의 장자인 래프리스 바우처와 마주보고 있었다. 처음과 달리 결투장에 오른 래프리스 바우처는 냉정해져 있었다.

"악마 같은 놈. 어찌 귀족으로서……."

래프리스 바우처의 입에서 흘러나온 말이었다. 하나, 제논에게 있어서는 별로 감흥조차 일어나지 않는 말이었다.

"내가 약했다면 나는 이미 난도질 당했겠지. 또한, 애초에 이 결투는 죽음의 결투. 결투의 대상자가 죽지 않으면 결코 끝나지 않을 결투임을 모르는가? 그 정도도 모를 애송

이인가?"

"이익! 죽엇!"

제논을 격동시키려 하다 오히려 본전도 건지지 못한 래프
리스 바우처였다. 그 역시 기사의 검을 첫째로 꼽는 기사 가
문의 장자인지라 낮지 않은 검술 실력을 가지고 있음을 보여
주듯이 오러 얀을 시전하며 제논을 향해 쇄도해 들어왔다.

제논은 손을 들어 올려 가볍게 자신의 목을 향해 쇄도해 오
는 래프리스 바우처의 검을 쳐 내었다.

"허억!"

바람 바지는 듯한 비명을 내며 당황하는 래프리스 바우처
였다. 설마 회피하지 않고, 맨손으로 자신의 오러 얀이 실린
검을 쳐낼 줄을 몰랐기 때문이었다.

'맨손이라니, 맨손이라니…… 어찌…….'

놀랄 수밖에 없었다. 피스트 마스터가 아니고서는 절대 있
을 수 없는 일이었다. 하나, 소드 마스터조차 제대로 보기 어
려운 당금의 시대에 피스트 마스터가 어디 가당키나 하겠는
가? 그러나 생각은 생각.

래프리스 바우처는 다시 공격을 시작했다. 찌르고, 베고,
자르고, 그어 올렸다. 제논은 그 모든 것을 막아내기도 하고
회피하기도 하며 짐짓 여유 있게 래프리스 바우처를 대했다.

"놈! 피하기만 할 것이냐?"

말과 함께 래프리스 바우처는 한 바퀴 쾌속하게 회전하며 제논의 하단을 쓸어갔다. 제논의 신형은 마치 고스트처럼 움직여 래프리스 바우처의 옆을 스쳐 지나갔다.

"이 정도라면 정말 실망이다. 겨우 이런 실력으로 작위도 갖지 못한 자가 감히 백작의 명예를 더럽혔음인가?"

제논의 말에 아주 제대로 걸렸다.

"이익! 우와아악!"

"머, 멈춰어~"

래프리스 바우처는 앞뒤 분간도 없이 제논을 향해 쇄도해 들어갔다. 제노는 마치 그럴 줄 알았다는 듯이 싸늘한 미소를 베어 물며 바람처럼 움직여 래프리스 바우처의 옆을 관통해 들어갔다.

그때 결투장의 밑에서 결투를 지켜보던 바우처 백작은 대경하여 외쳤다. 순간적으로 위험하다는 생각을 했기 때문이었다. 단순한 위험 정도가 아니라 바로 죽음을 관통하는 위험이었다.

바우처 백작이 외쳤을 때는 이미 자신의 아들인 래프리스의 신형이 허물어지고 있었다. 견고한 풀 플레이트 메일의 가슴이 온통 으깨져 피가 폭포수처럼 흘러내리면서 말이다.

"이노오옴!"

바우처 백작이 노호성을 터뜨리며 옆에 있던 호위 기사의 검을 빼앗아 들고 제논을 향해 득달같이 쇄도했다. 하나, 그는 곧 신형을 멈춰 세워야만 했다.

자신의 목울대를 정확하게 겨냥하고 있는 창두(槍頭) 때문이었다. 정확하게 한 치의 틈도 없이 겨냥된 창두(槍頭). 그 창두(槍頭)의 날카로운 혈조를 타고 한 방울의 피가 흘러내렸다.

"죽고 싶나?"

나직하고 조용한 제논의 음성이었다. 무려 4미터를 격하고 있음에도 불구하고 그의 나직하고 조용한 음성은 바우처 백작의 귀에는 천둥의 그것처럼 들려왔다.

순간 바우처 백작은 사타구니 밑에서부터 타고 척추를 따라 찌르르하게 울려오는 공포를 맛보았다.

"판정은?"

"제, 제논 패트리아스 백작의 최종적인 승리입니다. 캔드릭 바우처 백작은 그 어떠한 이유 여하를 막론하고 작금에 일어난 결투를 빌미로 제논 패트리아스 백작에게 위해를 가할 수 없으며, 제논 패트리아스 백작의 실추된 명예를 위하여 물질적, 정신적 배상이 있어야 함을 표명하는 바입니다."

결투의 끝은 이처럼 물질적 혹은 정신적 배상으로 그 끝을 맺는다. 만약 제논이 바우처 백작의 영지를 원한다면 들어줘야 한다. 왜냐하면 결투라는 것이 그런 것이니까. 결코 가볍지 않은 결투의 결과였음이었다.

　판정관의 말에 제논은 바우처 백작을 바라보며 하얗게 웃었다.

　"본 작의 명예를 실추시킨 래프리스 바우처의 생명을 취한 바 이후 캔드릭 바우처 백작에게 어떠한 요구 조건도 없음을 표명하는 바입니다."

　제논은 바우처 백작의 목울대를 겨누었던 창을 거두어들였다. 그리고 아무 일도 없었다는 듯이 결투장을 벗어났다. 결투를 참관한 귀족들 역시 마찬가지였다.

　결국 마지막까지 결투장에 남아 있는 자는 싸늘하게 식어 버린 자신의 큰아들을 아무런 감정도 없이 그저 멍하게 바라보고 있는 바우처 백작뿐이었다.

　"패트리아스 백작! 오늘의 일은 결코 잊지 않을 것이다. 네 놈의 영지에 대한 3년간 영지전의 봉인이 풀린다면 반드시 내 두 손으로 너의 눈알을 파고 손을 자르고 심장을 후벼 팔 것이다."

　바우처 백작의 눈에서 굵은 눈물 한 방울이 떨어져 내렸다. 그리고 자신의 곁에서 말없이 자신을 호위하고 있는 기사들에게 외쳤다.

　"시신을 수습한다."

　"명!"

그렇게 결투장의 시신이 수습되었다. 그리고 국왕은 저녁 늦게까지 연회를 베풀었다. 귀족들 역시 바우처 백작은 이미 잊었다는 듯이 오랜만의 연회를 즐기고 있었다.

*　　*　　*

"실력이 꽤 뛰어나다고?"

"그러합니다."

"큭, 다행이로군. 약하면 어쩌나 싶었거늘."

오브레임 후작과 페슬 자작의 대화였다. 국왕이 초청한 연회에 참석하지 않았으나, 마치 자신의 손바닥을 바라보듯 모든 상황을 꿰뚫고 있는 오브레임 후작이었다.

"국왕이 좋아했겠군."

"그럴 것입니다. 시선 돌리기용이 제 역할을 해주었으니 말입니다."

"하고, 역시 3년간 영지전은 금지되었군."

"그러합니다."

"방법은?"

지극히 간단한 단답형으로만 말을 하는 오브레임 후작이었다. 그에 페슬 자작 역시 단답형으로 결론을 내리고 있었다. 길게 이야기 할 개제가 못되었기 때문이었다.

"내부 분열이 좋지 않을까 합니다."

"내부 분열이라……."

"아무리 무력이 뛰어나다 할지라도 혼자 모든 것을 할 수 없음입니다."

페슬 자작의 설명에 계속해 보라는 듯이 손을 까닥여 보이는 오브레임 후작이었다.

"영지라는 것이 그렇습니다. 크든 작든 한두 명을 다루는 것이 아닌 건물과 사람과 영지를 관리하는 것입니다. 그러하기 위해서는 역시 많은 사람들이 필요하고 말입니다."

"요는 그 필요로 하는 많은 사람들을 회유하여 전력을 약화시키겠다는 것인가?"

"그렇습니다."

페슬 자작의 설명이 뭐가 그리 마음에 들지 않는지 인상을 잔뜩 찌푸리는 오브레임 후작이었다.

"난 약자를 원하지 않아. 적어도 내가 과거 자격지심을 가질 정도의 인물이라면 더욱더 말이지."

"그것도 헤쳐 나오지 못한다면 후작 각하의 상대가 되지 못합니다. 적어도 지금의 후작 각하의 적수가 되려 한다면 한두 번의 고비는 더 넘겨야 하지 않겠습니까?"

"너 따위가 감히 나의 적수를 시험하겠다는 것인가?"

오브레임 후작의 전신에서 무서운 기세가 피어올랐다.

"크으윽. 그, 그것이……."

"말하라. 그러한 것인가?"

페슬 자작은 어금니를 앙다물었다. 도저히 감당할 수 없는 기세였다. 그러나 말을 해야만 했다.

"오롯하신 저의 주군을 위해 과거의 적이라고는 하나 결국 과거의 적일 뿐. 현재 그가 자격을 갖추어야만 할 것입니다. 소장은 반드시 각하의 유흥을 위해서라도 그를 시험해야 한다 생각합니다. 크흐웃! 허어억!"

마지막 말을 하고 기어코는 무릎을 꿇는 페슬 자작이었다. 그에 오브레임 후작은 기세를 거두어 들였다.

"큭, 믿겠다. 너는 나의 충성스러운 종복이므로."

"가, 감사합니다."

페슬 자작은 깊숙이 허리를 숙여 부복했다.

Chapter 05

제논은 지극히도 화려하게 정계나 혹은 사교계에 등장했다. 모든 기사와 귀족의 시선을 한곳으로 모으면서 말이다. 그러함에 귀족들과 기사들은 제논의 행보를 주시하기 시작했다.

　　물론 제논은 영지를 하사받음에 있어 3년간의 영지전의 전면적인 금지와 10년간의 세금 면제 등 다양한 혜택을 받았다. 하나, 그렇다 하더라도 하사받은 영지는 문제점이 많았다.

　　국왕의 영지 중 가장 낙후한 지역이었고, 보통의 백작이 두세 명의 자작과 여덟에서 아홉 명의 남작을 가신으로 거느린 반면, 제논이 하사받은 영지는 한 명의 자작과 두 명의 남작만이 존재했다.

그것도 너무 오래 방치되었던 터라 원래는 백작 가문의 가신으로 흡수되어야 했으나, 거의 독립적인 형태로 굳어진 형태였다.

그나마 한 명의 자작이 나름 세력을 형성하고 있어 두 명의 남작은 그 한 명의 자작의 가신처럼 행동하고 있었다.

결국 제논이 능력이 없다면 그저 남작보다도 못한, 영지조차 제대로 간수하기 힘들 것이 분명하였다. 명목상으로는 한 명의 자작과 두 명의 남작을 거느린 백작이었으니 그들이 반기를 든다 하여도 영지 내부적인 일로 치부되기 딱 알맞은 상황이었기 때문이다.

"결국 또 한바탕해야 한다는 말이네요."

제논의 좌측에 있던 클라렌스가 별것 아니라는 듯이 말을 하고 있었다. 그녀의 곁에는 이제 완연하게 성인으로 자라 듬직한 모습을 하고 있는 헬만 프라네리온이 말없이 자신의 어머니를 수행하고 있었다.

그는 공작 가문으로 돌아가지도 아이작스 백작 가문에 남지도 않았다. 그가 선택한 것은 바로 자신의 어머니를 따르는 것이었다. 어려서 많은 것을 보고 자라났던 탓에 그 성정은 상당히 냉정하게 변해 있었다.

그것을 아는 클라렌스는 내심 착잡하고 후회된 마음을 가질 수밖에 없었다. 이 모든 것이 자신 때문에 일어난 일이니 말이다. 자신이 욕심을 부리지 않았더라면 열 달 동안 자신이 배가 아파서 낳은 아들에게 조금 더 많은 것을 해줄 수 있었을 터인데 말이다.

그래서 클라렌스는 자신의 아들을 대할 때 언제나 죄스러웠다. 부모로서 무엇보다 정성을 쏟았어야 할 자신의 아들에게 무엇 하나 제대로 해준 것이 없었기 때문이다.

그러하기에 제논을 따라나서기 전 클라렌스는 자신의 아들을 앞에 두고 자신의 심정을 고스란히 토해내었다. 물론, 자신의 아들이 감당할 수 있을 만큼의 심정이었다.

이제 성인식을 치르고 성인이 되었다고는 하나 여전히 어린애 같기만 한 자신의 아들이기 때문이었다.

그래서 더욱 조심스럽고 가슴 아팠다. 그러한 자신의 아들에게 자신을 이해해 달라고 말을 하는 것이었으니 말이다. 하지만 헬만은 그러한 어머니를 이해할 수 있었고, 이해하고 싶었다.

그가 경험한 귀족들의 세계는 칼만 들지 않았지, 언제나 죽음의 칼끝을 턱밑에 두고 사는 것과 같았다. 그리고 다행히 헬만은 어리석지 않았다. 아니, 어쩌면 배다른 형보다는 못하지만 그 형과 떨어졌을 때 그는 충분히 똑똑하다 불릴 만한 수재였다.

헬만은 많은 것을 보았다. 귀족들 간의 목숨을 건 암투와 귀족가의 영애로 태어나 한 사람으로서 존재하는 것이 아닌 언제든지 가문을 위해서 혹은 승리를 위해서 사랑하지도 않은 이에게 팔려 가야 하는 것을. 벽 속의 꽃처럼 자신의 감정을 숨겨야만 하는 정략적인 존재하는 자신의 어머니의 삶을 말이다.

"네가 원한다면 나가 받은 백작의 작위를 너에게 넘기마."

"그러실 필요 없습니다. 저는 어머니의 아들, 어머니를 따르겠습니다. 먼 훗날 제가 자격이 된다면 어머니의 작위를 이어받을 생각입니다."

그것이 헬만이 택한 선택이었다. 적어도 자신의 어머니와 동행함에 있어 마음은 편했으니까. 그러한 아들의 결정에 클라렌스는 두 팔을 벌려 헬만을 안았다.

언제까지나 어리게만 보았던 헬만이 이제는 어미를 보호할 정도로 크고 튼튼하게 자라 어미의 마음을 이해할 정도로 넓은 가슴을 가지게 된 것이었다.

"너는 많은 것을 보고 배워야 할 것이다. 결코 나와 같은 삶을 살지 않으려 한다면 말이다."

"그러할 것입니다. 하나, 어머니는 결코 실패한 삶을 살지 않으셨습니다. 적어도 어머니의 곁에는 제가 있기 때문입니다."

"고맙구나."

클라렌스는 어려움 속에서도 의젓하게 자란 아들을 바라보며 그의 이마에 입을 맞추었다. 그렇게 헬만은 공작 가문의 사람이 되지도, 아이작스 가문의 사람이 되지도 않고, 스스로 결정하여 제논을 따르게 되었다. 제논의 기사로서 말이다.

또한 제논의 우측에는 여전히 거대한 몸체를 자랑하는 스웬슨이 자리하고 있었다. 부활한 코린 왕국의 검이자 방패의 가문이 복권된 영지로 가는 인원치고는 너무나도 조촐한 모습이라 할 것이었다.

"어? 형님, 앞에 누가 오는 것 같수."

체구가 너무 커 자신에게 맞는 말조차 없어 다른 이들이 말을 타고 가고 있음에도 성큼성큼 걸어 말과 속도를 맞추고 있던 스웬슨이 말을 했다. 그에 제논을 비롯한 클라렌스와 헬만의 시선이 스웬슨이 가리키는 곳으로 향했다.

제논은 주변을 훑어보았다. 아무도 없었다. 낙후된 영지이기에 제대로 된 관도조차 나 있지 않았고, 사방에는 거칠게 자라난 아름드리나무가 빽빽하게 들어차 있었다.

"마음에 들지 않는 사람을 제거하기에는 딱 좋은 장소로군요."

클라렌스의 말에 고개를 작게 끄덕이는 제논이었다. 이러한 곳까지 자신을 마중 왔을 리는 만무했다. 더군다나 수도를 떠날 적 자신은 누구에게도 알리지 않고 걸음을 옮기기 시작했으니까.

"헬만, 스웬슨, 앞으로 나서도록!"

"명!"

"알겠수!"

제논은 클라렌스의 아들이라 할지라도 헬만을 철저하게 기사로 대했다. 그것은 헬만 본인도 원하는 것이었고, 온실 속의 화초처럼 자식을 키우고 싶어 하지 않는 클라렌스도 동의하는 바였다.

제논의 말에 헬만과 스웬슨이 제논과 클라렌스를 뒤로하고 앞으로 나섰다. 열여덟의 나이에도 불구하고 작지 않은 키와 체구를 자랑하는 헬만이라 하지만 스웬슨이 옆에 서니 그야말로 애와 어른과 같은 모습이 되었다.

"웬 놈들이 감히 패트리아스 백작님의 행렬을 방해하느냐. 숨어 있지 말고 앞으로 나서라!"

스웬슨은 등 뒤에 X 자로 교차되어 있던 배틀 엑스를 양손에 쥔 후 전방이 숲을 향해 커다랗게 외쳤다. 그 소리가 어찌나 크던지 숲을 웅웅 울리면서 깜짝 놀란 산새들이 날개를 퍼덕이며 사방으로 흩어졌다.

"내가 선두에 서 적을 흔든다. 이후 프라네리온 경은 적의 숨통을 확실히 끊도록."

"명!"

스웬슨은 전방에 커다랗게 외친 후 아주 나직하게 곁에 있던 헬만에게 말을 했다. 이미 이곳에 오기 전 스웬슨은 패트리아스 백작 가문을 상징하는 검과 방패 기사단의 단장으로 임명되었다.

물론, 지금 현재 검과 방패 기사단의 기사는 오로지 헬만 프라네이온이 전부였다. 단장은 스웬슨이고 말이다. 그러함에도 스웬슨은 당당하게 행동했다. 형님이 하는 일이니 당당할 수밖에 없다는 듯이 말이다.

그때 스웬슨의 전방의 숲이 부스럭거리면서 무언가가 나타났다.

"와하하하! 이놈들! 기다린 지 오래다. 가진 것을 모두 내어놓으면 목숨만은 살려주겠다."

보통의 사람보다 목 하나 이상은 큰 체구의 털보 사내가 뾰족하고 날카로운 징이 달린 몽둥이를 들고 나오며 외쳤다. 그 외침이 시작이었는지 털보 사내의 등 뒤로는 수십의 인물이 모습을 드러내고 있었다.

자유분방한 모습이기는 하나, 결코 산적일 수는 없는 그런 모습이었다. 산적이라기보다는 그 모양새가 용병에 더 가까워 보이는 이들이었다. 털보 사내 역시 장대한 체구를 가졌으나 스웬슨에 비하면 모양새가 상당히 빠져 보이는 모습이었다.

털보 사내는 모습을 드러내면서도 자신보다 큰 체구를 가진 놈은 처음 본다는 듯이 줄곧 스웬슨을 경계하며 바라보고 있었다. 하지만 그래도 그는 수에는 장사가 없다는 것을 알고 있기에 자신만만하게 앞으로 나선 것이었다.

물론, 의뢰를 받은 의뢰 대금 욕심도 있지만 말이다. 이 깊숙한 산중에 무슨 일이 일어날지 대체 누가 안단 말인가? 의뢰를 완료하고 흔적도 없이 사라지면 그만인 것을 말이다.

"정말?"

"뭐?"

스웬슨이 재미있다는 듯이 산적의 말에 정말이냐고 물었다. 하지만 그것 자체가 의외로움이었기에 오히려 반문하고야 만 털보 사내였다. 그렇게 반문하는 털보 사내의 표정은 그야말로 황당함의 극치였다.

"무슨 이런 그지 같은……."

"멍청한 놈. 정말이냐고 물어보는데 대답조차 못하는 것이냐?"

"이놈이 감히!"

털보 사내는 분통을 터뜨렸다. 마치 자신이 놀림을 당하고 있다는 느낌이 들었기 때문이다. 하지만 스웬슨은 그러한 털보 사내의 반응이 재미있다는 듯이 히죽 웃었다.

"이제야 말귀를 이해했나 보구만. 알아들었으니 어서 결정을 해. 여기서 한판 뜰지, 아니면 힘이 붙어 있는 지금 돌아갈지 말이야. 참고로 시작하면 너희는 반드시 죽는다."

히죽 웃으며 말을 하는 스웬슨이었다. 그러함에도 불구하고 털보 사내는 그 웃음이 무척이나 무섭다는 느낌을 받았다. 체구도 자신보다 더 큰데다가 보통은 양손으로 들어야 할 배틀 엑스를 양손에 하나씩 나눠쥔 것까지 말이다.

하지만 이미 의뢰비를 받았으니 어쩔 수 없었다. 자신이 왕국이나 혹은 타국을 관통하는 용병이 아니고 고작 트리아스 자작가의 영지에 머물고 있는 용병이고 보면 의뢰를 완료하지 않고 튄다면 반드시 그 보복이 있을 것임을 아는 탓이었다.

"덩치는 오우거만 한 놈이 못하는 말이 없구나. 애들아! 쳐라!"

"우와아!"

산적을 가장한 용병들이 쏟아져 들어왔다. 하지만 스웬슨은 태연했다. 이미 그럴 줄 알았다는 듯이 말이다. 스웬슨은 그러한 산적들을 바라보며 커다랗게 웃고, 두 개의 배틀 엑스를 휘두르며 쇄도해 오는 산적들을 향해 달려들었다.

"와하하하! 좋구나!"

"미친놈!"

"죽엿!"

미노타우르스처럼 커다란 덩치를 앞세워 수적으로 압도하는 자신들을 향해 쿵쿵거리며 달려오는 스웬슨을 보며 산적들은 코웃음을 쳤다. 덩치가 크다고 해서 칼이 안 들어가는 것은 아니다.

콰차자장!

"쿠웨에엑!"

"이, 이게 무슨……."

"……!!"

하지만 그러한 산적들의 생각을 뒤집는 시간은 지극히 짧았다. 선두에서 달려들던 여남은 명의 산적이 마치 밀 짚단이 날아가듯 홀홀 날아 사방으로 흩어지고 있었다.

"와하하핫! 덤벼! 덤벼!"

스웬슨은 정령을 부르지도 않았다. 이들은 정령을 부를 필요도 없었다. 그저 배틀 엑스에 힘을 담아 휘두르기만 해도 이 산적을 가장한 용병들은 떡이 되어 나가떨어지고 있었다.

"뭐, 뭐하는 것이냐! 놈은 하나다! 조져!"

털보 사내가 당혹스럽게 외쳤다. 아직 출발하지 않고 홀홀 나가떨어지는 동료들을 그저 멍하게 바라보고 있던 산적들이 크게 소리를 지르며 스웬슨을 향해 달려들었다.

"누가 혼자라는 것인가?"

그때 헬만이 튀어나왔다. 그는 이제 겨우 열여덟의 나이였으나 이미 익스퍼트 초급에 다다른 기사였다. 형만 한 천재는 아니나 그 또한 수재였다.

열여덟에 익스퍼트쯤은 충분히 가능했다. 더군다나 아이작스 백작 가문에는 마스터에 오른 겜블 경과 익스퍼트의 기사들이 즐비하며, 아이작스 백작이 가문을 승계하기 전까지 귀족으로서 검을 충실히 익혀 왔기 때문이다.

그러한 헬만이기에 자신들의 무기를 능숙하게 다룬다 하나, 변칙적이고 일정한 투로가 없으며, 마나조차 다루지 못한 용병들은 그저 베기 좋은 밀짚단과 다르지 않았다.

헬만의 장검이 산적들의 목을 스치고 지나가자 산적의 움직임이 멈췄다. 하나 헬만은 이미 그곳에 시선을 두고 있지 않았다. 충격을 받고 쓰러져 아직 운신을 제대로 못하는 산적들은 많고도 많았다.

너무나도 간단했다. 겨우 둘이었다. 그 둘에 의해 적어도 삼사십 명은 족히 되어 보이는 산적들이 절단 나고 있었다. 산적들의 목을 베는 와중에도 헬만은 스웬슨의 움직임을 주시하고 있었다.

스웬슨의 움직임은 느렸다. 하지만 그 누구도 그가 느리다고 할 수 없었다. 느림을 압도하는 절대적인 힘 때문이었다.

하나 그의 배틀 엑스에 비해 느리다는 것이지, 결코 어떤 기사도 그의 신형을 따라잡기는 불가능해 보였다.

'압도적인 힘!'

산적 한 명이 자신의 목을 부여잡으며 뒤로 넘어가고 있었다.

'비교를 거부하는 빠름!'

또 한 명의 산적이 뻥 뚫린 자신의 가슴을 믿을 수 없다는 표정으로 바라보며 무너져 내리고 있었다. 그만큼 헬만의 검은 무섭고도 빨랐다.

'넘어야 할 산이 또 있었군.'

헬만은 그렇게 생각했다. 아이작스 가문의 선임기사나 익스퍼트의 기사들을 산이라 여기지 않았다. 산이라면 당연히 아이작스 가문의 레오파드 기사단의 단장인 겜블 경이었다.

그만이 오로지 자신이 넘어야 할 산으로 생각했다. 하나, 아니었다. 또 다른 산이 여기 있었다. 마나를 사용하지 않음에도 불구하고 모든 것이 파괴되고 튕겨져 나가고 있었다.

"이, 이노옴! 죽어랏!"

스웬슨의 거침없는 모습에 마침내 털보 사내가 자신의 날카로운 징이 박힌 몽둥이를 휘두르며 스웬슨에게 달려들었다. 더 이상 바라보기만 한다면 전멸당할 것 같았기 때문이다.

털보 사내가 보건대 저 무식하게 큰 놈은 마나를 사용하지 않았다. 그저 오로지 탁월한 신체에서 뿜어져 나오는 힘으로 모든 것을 압도하고 있었다. 그래서 털보 사내가 나선 것이었다.

그는 그래도 마나를 조금 다룰 줄 안다. 물론 쥐꼬리만 한 마나 양이었지만 절체절명의 순간 자신의 목숨을 수도 없이 구해준 마나였다. 그것만으로도 트리아스 자작 가문의 영지에서 활동하는 용병 중에 꽤나 실력있는 용병으로도 이름을 날리고 있으니 말이다.

순간적으로 털보 사내의 움직임이 빨라지며 스웬슨을 향해 쇄도했다.

"대장! 작신하게 조져 버리라구."

몇몇의 산적이 희색을 띠며 스웬슨을 향해 쇄도하는 털보 사내에게 외쳤다. 그들은 한숨을 조금 내쉬었다. 벌써 절반이 당했지만 그래도 고작 두 놈이었다.

덩치 큰 놈은 곧 대장의 몽둥이에 피떡이 되어 죽을 것이었다. 그에 산적들은 덩치 큰 놈보다는 한참이나 작지만 예리하게 검을 휘둘러 동료들의 목숨을 앗아가는 어린놈을 향했다.

"흐라얏! 죽엇!"

쉬우우웅!

털보 사내의 몽둥이가 공간을 가르면서 무시무시한 파공

음을 내면서 스웬슨을 향했다. 스웬슨은 히죽 웃었다. 마치 같잖다는 표정처럼 말이다. 그 모습을 본 털보 사내는 화가 났다.

'멍청한 놈! 웃어라! 죽으면 못 웃는다!'

털보 사내는 장담했다. 그러한 털보 사내의 장담을 증명해 주기라도 하듯이 배틀 엑스가 마중 나오고 있었다. 털보 사내는 알고 있었다. 지금 이 순간이 지나면 저 덩치 큰 놈의 배틀 엑스는 더 이상 존재하지 않으리라는 것을 말이다.

콰아아앙!

커다란 폭음이 들렸다. 털보 사내는 웃었다. 하나, 털보 사내의 웃음은 오래갈 수 없었다. 그의 눈은 이내 찢어질 듯 부릅떠지고 있었다.

"어, 어떻게… 어허억!"

털보 사내의 몽둥이 부딪힌 배틀 엑스는 부서지지 않았다. 그에 털보 사내가 당혹스러운 소리를 낼 때 갑자기 그의 몸이 쭈욱 당겨졌다. 힘이라면 밀려본 적 없던 그였건만, 지금 이 순간만큼은 어른에게 끌려가는 어린아이처럼 힘없이 끌려가고 있었다.

퍼걱!

"흐억!"

털보 사내의 눈이 튀어나올 듯 커졌다. 그리고 그의 입은 떠억 벌어지고, 마치 새우처럼 등이 굽으며, 전신을 부들부들 떨기 시작했다. 그의 복부에는 어린아이 머리통만 한 주먹이 틀어박혀 있었다.

스르르르! 털썩!

그대로 지상으로 떨어져 부들부들 떨며 기절하는 털보 사내였다. 그에 스웬슨을 향해 공격을 감행하려던 산적들은 마른침을 삼키며 주춤했다. 하나, 스웬슨은 그들을 바라보고 있지 않았다.

몇 명의 산적들과 여전히 드잡이질을 하고 있는 헬만이 있는 곳으로 향했다. 그가 익스퍼트의 기사라고는 하지만 여전히 어리고 경험이 적다. 또한 그들을 죽이지 않기에는 실력의 차가 크지 않음을 스웬슨을 알고 있었다.

스웬슨은 숨을 들이켰다.

"멈춰어엇!"

샤벨 타이거의 으르렁거림이 이러할까. 그 소리가 어찌나 크던지 나뭇잎이 우수수 떨어져 내렸다.

"네놈들의 대장은 내 발 아래에 있다. 죽고 싶지 않으면 무기를 버려."

스웬슨은 단순히 외치기만 했다. 더 이상 죽일 필요는 없다고 느꼈기 때문이다. 하지만 그렇다고 이들이 말을 듣지 않는다면 살려둘 생각도 없었다.

스웬슨의 외침에 잠시 주춤하고 있는 헬만이었지만 언제든지 검을 휘두를 준비가 되어 있었기 때문이었다.

"쓰벌, 겁나 세구만."

"염병. 대장이 저 꼴이니……."

툭! 투둑!

살아남은 산적들은 자신의 무기를 던졌다. 그러한 그들의 시선은 스웬슨이나 헬만을 바라보고 있는 것이 아니라 아직도 스웬슨의 발치에서 바들바들 떨고 있는 털보 사내의 모습에 있었다.

"끄윽. 끄윽!"

얼마나 고통스러웠는지 여기 오기 전에 먹었던 것을 여지없이 확인하고 그 위에서 아직도 충격이 가시지 않은 모습으로 앓는 소리를 해대고 있었기 때문이다.

산적들이 완전히 무장 해제되었다. 그에 제논이 서서히 앞으로 걸음을 옮겼다.

"누구의 의뢰지?"

무척이나 담담한 목소리였지만 무장해제 당한 산적들에게는 마치 천둥이 치는 것 같은 느낌이 들었다. 애초에 이들은 자신들이 산적이 아니라 누구의 의뢰를 받은 용병이라는 사실을 알고 있었다는 것을 의미하기 때문이었다.

그에 용병들의 안색이 새파래졌다. 그들이 생각하기에도

지금 자신들의 앞에 서 있는 보잘것없어 보이는 인원은 분명 귀족으로 보였다. 그리고 언뜻 듣기도 했다. 패트리아스 백작 가문이라고 말이다.

의뢰를 받았다고는 하지만 상대방은 귀족이었다. 귀족을 상대로 검을 든 것이었다. 그것은 최소 사형이었다. 그냥 얼굴만 쳐다보아도 귀족이 불쾌하다면 바로 사형시키는 판국에 검을 들고 설쳤으니 뒷일은 안 봐도 뻔할 뻔자였다.

"그, 그것은……."

"이놈들! 죽고 싶지 않으면 사실대로 고해야 할 것이다."

누군가가 입 열기를 주저하자 헬만이 옆에서 그들의 마음을 더욱 답답하게 하는 말이 터져 나왔다.

"끄으음. 트, 트리아스 자, 자작입니다."

그때 아직도 바닥에 드러누워 복부를 감싸 쥐고 있던 털보 사내의 입에서 가래 끓는 목소리가 들려왔다. 죽고 싶지는 않았던 모양이었다. 제논의 시선이 그러한 털보 사내에게로 향했다.

"쥐꼬리만 한 마나로 행세깨나 했던 모양이로군."

"끄으응. 후우~ 후아! 후아!"

제논의 말에 겨우 겨우 몸을 일으켜 땅바닥에 철푸덕 앉은 상태로 급하게 숨을 들이켜고 있는 털보 사내였다.

"너희에게 살 기회를 주마."

"무, 무엇입니까?"

털보 사내가 힘겹게 물었다. 스스로 몸을 일으켜 앉았다고
는 하나, 스웬슨의 그 무지막지한 권격은 결코 한순간에 해
소할 수 있는 그런 것이 아니었다. 아직도 그 후유증에 복부
의 창자가 가닥가닥 끊어지는 것 같은 고통은 계속되고 있었
다.

그나마 처음 권격을 받았을 때 느꼈던 머리를 하얗게 태울
듯한 감각이 사라졌기에 그나마 이성적인 생각을 할 수 있는
상태였다. 그런 와중에 백발의 사내의 입에서 기회라는 말이
흘러나온 것이다.

털보 사내는 자신의 뒤에서 무릎을 꿇고 무장해제 당한 동
료들을 흘깃 바라보았다. 43명이 왔건만 겨우 20명 남짓만 살
아남았을 뿐이었다. 그 잠깐의 드잡이질에서 말이다.

"증언할 수 있느냐."

"…증언 말입니까?"

"그러하다."

"……."

털보 사내는 재빠르게 머리를 굴렸다. 현 상황을 벗어나기
위해서는 당연히 지금 자신에게 한 백발의 사내 즉, 패트리아
스 백작의 제안을 받아들여야만 했다.

자신이 무식하기는 하지만 세상 돌아가는 것에 아예 귀를

닫고 사는 것은 아니다. 조만간 트리아스 자작 영지를 벗어나려 했기 때문에 귀족들의 동향에 관심을 기울이고 있던 터였다.

때문에 지금 패트리아스 백작의 영지가 어떻게 돌아가는지 어느 정도 알고 있는 털보 사내였다. 그래서 그는 지금 걱정하고 있는 것이었다. 패트리아스 백작이 영지를 장악한다면 모를까, 그렇지 않다면 결코 자신은 살아남을 수 없다는 것을 말이다.

'젠장. 이래도 죽고 저래도 죽는구만.'

제논은 털보 사내를 지켜보았다. 큰 체구에 알량한 실력이지만 의외로 상황을 읽는 눈이 있었다. 그래서 재촉하지 않고 기다렸다. 흥미로웠기 때문이다.

지금 제논의 눈이 비친 털보 사내는 죽음이 코앞에 있음에도 불구하고 여러 가지 상황을 고려하고 있는 것이었다.

"생각이 아직 정리되지 않았나?"

"……?"

털보 사내는 놀랐다. 이미 패트리아스 백작은 자신의 생각을 꿰뚫고 있기 때문이었다. 털보 사내는 마른침을 삼켰다.

"저어……."

"말하라."

"증언하면 살 수 있는지요."

살 수 있는지라고 묻는 털보 사내의 말 속에는 상당히 중요한 의미가 실려 있었다. 단순한 삶이 아니라 자신과 살아남은 저들의 삶까지 보장할 수 있는지를 물어보는 것이었다.

'제법!'

제논의 눈이 날카로워졌다. 정말 제법이었다. 지금 이 상황에서 자신의 목숨이 아닌 남의 목숨까지 책임지고자 하는 것이다. 첫 대면과는 달리 대화하면 할수록 점점 괜찮다는 것을 느끼는 제논이었다.

"어떻게 해야 할까요?"

제논은 시선을 옆으로 돌리며 클라렌스에게 물었다. 클라렌스는 새하얀 치아를 드러내며 웃음 지었다. 제논의 질문이 기꺼웠기 때문이다. 제논은 지금 자신을 힘든 결정에 의견을 구할 수 있는 동료로 대우해 주었다.

"제법이네요. 지극히 이기적이기는 하지만 판단력도 그렇고, 지금 이 짧은 순간에 동료들의 안위까지 생각하는 면을 보면 그를 병사로 삼아도 될 듯해요."

클라렌스의 의견에 만족한 듯한 제논이었다. 정확하게 자신의 의중을 파악했고, 또한 자신과 같은 생각을 가지고 있다는 것에서 말이다.

"너에게 병사장을 맡기마. 너를 따르는 이들을 네가 이끌어야 할 것이다. 이리하면 나를 따를 것이냐."

"끄으응! 야! 나 좀 일으켜 주라."

제논의 말에 털보 사내게 혼자 일어나기 힘들었는지 뒤에서 머리를 조아리고 있는 동료에게 빽 하니 외쳤다. 한 번 좋게 보니 지금의 행동 또한 결코 나쁘지 않게 보이는 제논이었다.

"됐어. 봐봐!"

동료가 자신을 일으켜 세우자 아직도 고통이 있는지 입술을 잘끈 씹으면서도 꿋꿋하게 몸을 세워 옷매무새를 조금 가다듬더니 무릎을 꿇었다.

"라이오넬 병사장이 백작 각하를 뵙습니다."

"좋군. 일어나도록."

제논의 말에 겨우 무릎을 꿇고 외치던 라이오넬 병사장이 풀썩 주저앉아 버렸다. 그리고 제논을 바라보며 정말 죄송하다는 듯이 말을 했다.

"일어나고는 싶은데 몸이 말을 듣지 않습니다."

충격이 아직도 가시지 않은 것이었다. 그만큼 스웬슨의 권격은 무지막지한 것이었다.

"여기서 오늘 하루 휴식을 취한다."

"명!"

"알았수!"

헬만과 스웬슨이 대답을 했다. 제논은 스웬슨을 바라보

았다.

"잘 키워봐라. 두 번째 기사다."

"으허허. 좋수. 기사가 저 정도 체격은 되어야지. 암. 그렇고말고."

".......!!"

제논의 말에 라이오넬은 눈이 커졌다. 병사장이라고 해서 그냥 일반 병사이겠거니 했었으나 기사라고 하니 놀라는 것이었다. 어중이떠중이 용병을 기사로 받아들이다니 말이다.

"라이오넬, 그대를 검과 방패의 기사단에 입단한 두 번째의 기사로 명한다. 그에 코마롬 영지를 다스리는 대영주 제논 패트리아스의 이름으로 그대에게 베야크라는 성을 하사한다."

부들부들.

파격의 연속이었다.

병사장이자 검과 방패의 기사단의 기사가 된 라이오넬은 몸을 부들부들 떨었다. 실로 상상할 수도 없는 파격적인 조치 때문이었다. 그것은 그를 바라보는 살아남은 스무 명의 용병 역시 다르지 않았다.

그러한 라이오넬이나 혹은 용병들의 생각을 아는지 모르는지 제논은 다시 용병들을 바라보며 말을 이었다.

"능력이 된다면 언제든지 기사가 될 수 있다. 과거는 불문

한다. 그대들의 현재와 미래를 온전하게 본 작을 위해 노력하고 그 노력의 결과를 보여준다면 본 작은 언제든지 그대들에게 성을 하사할 수 있음이다."

평민에게 있어 기사가 되고 성을 가지게 됨은 언제든지 귀족이나 혹은 준 귀족의 작위를 받을 수 있음을 의미하였다. 그리고 또한 평민 중에서도 어느 정도 발언권을 가진 평민이 될 수 있음을 의미한다.

제논의 파격적인 제안과 행보가 있을 동안 스웬슨과 헬만은 숲을 뒤져 적당한 엘크를 잡아왔고, 클라렌스는 아예 오늘 여기서 야영할 것을 생각하여 주변에 알람 마법을 설치하고 있었다.

얼마 안 있어 완벽하게 야영 준비가 완료되고, 모두가 휴식을 취하는 가운데 병사장이자 기사가 된 라이오넬이 제논의 곁으로 다가와 예를 취한 후 그와 면담을 요구했다.

"말해 보도록."

제법 은밀한 말일 것이라 생각하긴 했지만 여기 있는 이들은 모두 자신이 진실로 믿는 자들. 그들 역시 들어둬야 할 필요가 있음을 느낀 제논은 결코 자리를 벗어나지 않고 자리를 마련하였다.

"이들은 나와 생사를 같이할 동료들. 이들에게조차 말을 하지 못할 비밀이란 없음이다."

제논의 말에 말없이 고개를 끄덕인 라이오넬이었다. 어차피 상관없었다. 자신이 개인 신상에 대해 말을 하는 것도 아니고, 그저 현재 패트리아스 백작 가문의 돌아가는 상황에 대해 언질을 주기 위해 온 것뿐이니까 말이다.

"현재 마스터께서 향하는 영지에는 엘링 트리아스 자작과 브랜든 필립스 남작, 그리고 카를로스 벨트란 남작이 있습니다."

작게 고개를 끄덕이는 제논이었다. 알고 있었다. 하지만 뭐 지금 라이오넬이 하고자 하는 말은 결코 그것이 아님을 알기에 조용히 고개를 끄덕일 뿐이었다.

"제가 알기로는 현재 트리아스 자작은 마스터의 영지를 마치 자신의 영지인 양 다스리고 있으며, 대부분의 영지 행정관들은 그의 명을 더 따르고 있습니다. 또한 대리 영주로 있는 맷 캠프 남작 역시 트리아스 자작의 입김에서 자유롭지 못한 상태입니다."

라이오넬은 담담하게 자신이 하고자 하는 말을 제논에게 전했다. 물론, 일개 용병이 어찌 이렇게 영지의 사정을 속속들이 알고 있는지는 의문이 들었으나 그것은 일단 제쳐 두기로 하였다.

그의 이야기에 의하면 현재 영지는 완전히 트리아스 자작의 손아귀에서 좌지우지되고 있는 상태였다. 이것은 제논 역시 예상하고 있던 상황이었다. 그런데 라이오넬의 말 중에 중요한 사실을 하나 발견할 수 있었다.

바로 트리아스 자작이 외부의 세력과 결탁하고 있다는 것이었다. 라이오넬의 말을 빌리면 트리아스 자작은 절대 혼자서 어떠한 일을 도모할 만한 성정이 되지 못한다.

그렇다고 해서 그가 유약한 것은 아니었다. 그가 혼자서 일을 도모하지 못한 이유는 그의 가족 이외에서 타인을 상당히 배척하고 믿지 못한다는 점에 있어서였다.

그래서 사람의 마음을 받아들이고 하나의 계획을 실행에 옮기기 전까지는 상당한 시일이 필요하기 때문이었다. 어떻게 보면 조심성이 있는 성정만큼이나 추진력이 약한 사람이라 할 수 있었다.

하지만 오랫동안 주인이 없는 영지이다 보니 가장 세력이 큰 트리아스 자작은 자신이 원하지 않더라도 귀족의 중심에 서게 되었다. 하지만 그들을 세력화하지 않았는데 얼마 전부터는 상당히 기민하게 움직이고 있다는 것이었다.

그것은 영지를 가진 두 남작과 대리 영주인 캠프 남작을 자신이 가신으로 받아들이려 한다는 것이었다. 물론, 지금 이야기하는 것은 트리아스 자작 영지에 사는 대부분의 용병이 아는 사실이었다.

하지만 제논이나 클라렌스 그리고 스웬슨이나 헬만에게는

상당히 중요한 이야기가 될 수 있었다. 알지도 못하고 어정쩡하게 당하기보다는 상대를 파악할 수 있는 절호의 기회가 되기 때문이다. 일단은 전체적인 상황을 파악하기 위해서도 말이다.

라이오넬이 이렇게 일부러 찾아와 트리아스 자작 영지의 상황과 각 남작들과의 상황을 설명한 것은 자신이 살기 위해서기도 했다.

사는 것 외에 무엇이 더 중요할 것인가? 솔직히 제논이 상당히 파격적인 행보를 하면서 한 명은 기사로, 나머지는 영지의 기사로 받아들였다곤 해도, 오늘 만난 이들의 충성을 원하는 것은 무리였다.

만약 충성을 다한다고 말을 했다면 제논은 오히려 저들을 모두 죽였을지도 몰랐다. 첫 만남부터 호의로 대한 자신에 대해 거짓과 위선으로 대함은 결코 용서할 수 있는 게 아니었다. 거기에 자신이 귀족임을 알고 있음에도 불구하고 의뢰를 받아들였으니 말이다.

하지만 라이오넬은 솔직했다. 그래서 그가 살아 있는 것이었다. 그리고 그러하기에 라이오넬은 어떻게 해서든지 상황을 알리고 자신을 고용해 준 백작이 승리하도록 하고 싶었다.

"아마도 트리아스 자작은 행정과 군사를 모두 자신의 휘하로 두어 백작 각하를 허수아비로 만들 생각을 하고 있는 것

같습니다. 최악으로는 아마도 백작 각하의 시해 시도가 있을 것입니다."

"흐음."

라이오넬의 설명을 들은 제논은 깊이 생각에 잠겼다. 그리고 다시 라이오넬에게 물었다.

"그에게 반대하는 이들은 없나?"

"…있기는 있습니다만."

"있습니다만?"

"…자세히는 잘 모릅니다."

"설명을 듣고 싶군."

제논이 설명을 재촉했다. 그것은 제논 역시 감안하고 있었다. 아무리 세상 물정에 관심을 가지고 있다 하지만 반대하는 세력에 대해서 잘 알 리는 만무하기 때문이었다.

현재 가장 강성한 세력에 반대하는 이들이 모습을 드러내 놓고 움직일 리가 없으니 그것은 당연하다. 만약 라이오넬이 알 정도의 반대 세력이라면 이미 트리아스 자작에 의해 제거되었을 가능성이 높았다.

"현재 백작 각하께서 향하는 영지는 과거 패트리아스 백작 가문의 가신인 코마롬 자작이 다스리던 곳입니다. 트리아스 자작과 필립스 남작 그리고 벨트란 남작이 로스트 코마롬 지역이 주요 귀족입니다."

라이오넬의 말에 고개를 끄덕인 제논이었다. 과거 자신의 가문은 네 개의 자작 가문과 열두 개의 남작 가문을 거느렸었다. 아마도 가신의 숫자만 한다면 여느 후작 가문의 가신과 맞먹을 정도였을 것이다.

그리고 지금 제논이 향하는 곳은 네 개의 자작 가문 중 패트리아스 백작의 의동생이라 불리는 코마롬 자작의 영지였다. 지금의 트리아스 영지는 과거 패트리아스 백작이 역모로 인해 멸문 당할 당시 들어선 가문이었다.

하지만 왕국의 검이자 방패였던 패트리아스 가문의 가신으로서의 자부심이 강했던 당시의 코마롬 자작의 가신들은 결코 트리아스 자작의 회유에 말려들지 않고 스스로 기사의 직을 버리고 혹은 자유 기사가 되어 사방으로 흩어졌다.

그리고 당시 살아남았던 코마롬 자작 가문의 원로들은 가문을 버리고 떠날 수 없음에 모든 작위나 영예를 버리고 평민으로서 그 삶을 연명해 나갔다. 그에 트리아스 자작은 떠나지 않고 남은 이들과 그들의 가족을 억압하였다.

그러한 사정 때문인지 현재 트리아스 자작의 행사를 끈질기게 방해하는 이들이 있었으니 그들이 바로 코마롬 자작 가문의 살아남은 원로들이나 혹은 그들의 후예라는 것이었다.

그리고 그들이 저항하는 방식은 바로 산적질이었다. 약 이십 년 전부터 이곳 트리아스 자작 영지와 두 남작의 영지의 산에는 상당히 악질적인 산적들이 나타났다. 그들의 행태가 실로 조직적이고 무력이 탄탄해 트리아스 자작과 두 남작은 아예 거의 손을 놓다시피 하는 실정이었다.

"그들이 산적이 되었던가?"

코마롬 자작이라면 제논도 알고 있었다. 최초 자신에게 창을 잡는 법과 창술의 기초를 닦아준 이가 바로 코마롬 자작이었기 때문이다. 자신이 지금에 와서 검을 들지 않고, 창을 드는 이유 역시 코마롬 자작의 영향이 지대했음이니까.

"산적들의 수가 어찌 되는가?"

"트리아스 자작 영지의 산적들을 붉은 피라 부르며 그 수효가 자그마치 6천에 이릅니다. 필립스 남작 영지의 산적은 붉은 검이라 부르며 수효는 2천. 벨트란 남작 영지의 산적은 붉은 방패라 불리며 수효는 필립스 남작 영지의 산적과 그 수효가 비슷하다 합니다."

적어도 1만의 산적이었다. 그 많은 산적이 대체 어디서 생겨났을까? 아마도 대부분은 세 귀족의 폭정을 견디다 못해 산을 찾아 들어간 영지민들일 것이다.

물론, 그 모든 산적이 수가 그렇지는 않을 것이다. 세상을 떠돌며 유랑걸식하는 자들이 모여들기도 하였을 것이고, 기존에 존재하던 산적들을 흡수하기도 하였을 것이다.

싸울 수 있는 산적들의 수효가 1만이라면 그들의 가족까지 합한다면 적어도 5만이라는 숫자가 나왔다. 실로 어마어마한 숫자가 아닐 수 없었다.

"그들을 회유할 수 있다면 대단한 전력이 되겠군요."

조용히 라이오넬의 설명을 듣고 있던 클라렌스가 입을 열었다. 그러했다. 그들을 흡수하기만 하면 상당한 전력, 아니 그야말로 대단한 전력이 될 수 있었다.

"저어……."

"말해보게."

제논은 말을 흘리는 라이오넬이 조금 더 할 말이 남았다는 것을 알 수 있었다. 조금은 망설이는 모양새이지만 말을 흘렸다는 것은 지금 상당히 갈등하고 있음을 의미했다.

제논은 기다려 주었다. 누가 강요해서 말을 할 인물이 아니라는 것을 간파한 탓이었다. 제논의 기다림에 여실히 갈등의 표정을 보이던 라이오넬이 입을 열었다.

"특히 붉은 피라 불리는 산적들은 트리아스 자작 영지의 유콘, 에라마드, 헬뮨, 롭테인, 코르디에 산 등을 주 활동 무대로 하고 있습니다. 그 다섯 개 산은 서로 연결되어 있어 트리아스 자작 영지를 빙 둘러싸고 있다 해도 과언이 아닙니다."

그 다섯 개의 산은 바위 산맥을 관통하는 다섯 개의 봉우리였다. 그중 롭테인 산이 가장 높은 해발 4,401미터였다. 그렇다고 다섯 봉우리가 낮은 것도 아니다.

유콘 산이 3,954미터, 에라마드 산이 3,821미터, 헬뮨 산이 4,002미터, 크르디예 산이 4,195미터로서 결코 낮지 않았고, 산세 또한 험해 접근하기가 쉽지 않은 아니 지극히 어려운 봉우리들이었다.

그 다섯 개의 봉우리는 깊고 험한 만큼 몬스터들 역시 대단히 강해 솔직히 산적이 살아남을 수 있을지도 의문이 드는 그런 지역임은 분명했다. 그러하기에 트리아스 자작이 산적들을 소통하고 있지 못한 것일지도 몰랐다.

"또한 그 붉은 피라는 산적단을 이끌고 있는 이는 크리스 웨인라이트라는 자로서 과거 코마롬 자작 가문의 백합 기사단의 단장이신 애덤 웨인라이트가 그의 부친입니다."

"상당히 상세하게 알고 있군."

제논은 단지 그 말만 했을 뿐이었다. 그런데 도둑이 제 발 저린다는 듯이 이내 자연스럽게 자신의 신분을 노출하는 라이오넬이었다.

"저는… 붉은 피 산적단의 대외 정보 수집원 역할을 맡고 있습니다."

"그렇군."

"……."

제논은 별다른 말을 하지 않았다. 그리고 라이오넬은 마른 침을 삼키며 제논의 입을 바라보았다.

"크리스 웨인라이트라면 나와 인연이 좀 있지. 과거 백작 가문의 가신들에게 속해 있던 기사들 중에서 몇 안 되는 내 또래의 친우였으니 말이지. 그는 잘 있는가?"

"가끔 패트리아스 백작 각하에 대한 추억을 말하곤 합니다."

라이오넬의 말에 제논은 희미하게 웃음을 떠올렸다. 그 모습에 클라렌스는 조금 놀랐다. 지금까지 제논의 곁에 있었지만 단 한 번도 저런 느낌의 웃음을 보여준 적이 없었다.

'그저 생각만으로 아련하게 웃음을 떠올리게 하는 존재라……'

실로 대단한 존재라 할 수 있었다. 어쩌면 그 존재가 동토의 땅처럼 딱딱하게 굳어 있는 제논의 심장을 녹일 수도 있지 않을까 하는 생각이 들었다.

"언제 그를 한 번 만났으면 하는군."

"크리스 웨인라이트 단장이 말하길 '나의 친우라면 나와 나누었던 약속의 증표를 가지고 있을 것이다' 라고 했습니다."

라이오넬의 말에 제논은 말없이 라이오넬을 빤히 쳐다보았다. 그러다 히죽 웃었다.

"잃어버렸다 하게. 너무 오래되어서 말이지. 다만, 증표를 새겼던 약속의 나무는 알고 있다고 하게. 친우들과 나누었던 약속의 나무를 말이네."

제논의 말에 라이오넬은 그 자리에서 일어나 크게 예를 올렸다. 라이오넬의 갑작스러운 행동에 다들 의아해하는 모습을 보였다. 하지만 이내 의문을 풀렸다.

"진정, 진정… 패트리아스 대공자님이셨습니다. 돌아오셔서, 돌아와 주셔서 진심으로 감사드립니다."

라이오넬은 울먹이면서 말을 하고 있었다. 제논이 보기에 라이오넬의 나이는 적어도 사십대 후반이었다. 그렇다는 것은 과거 백작 가문의 치세의 은혜를 입은 자들이고, 그때를 명확하게 기억하고 있다는 것을 의미했다.

"코린 왕국의 검과 방패인 패트리아스 가문은 과거를 절대 잊지 않는다. 하물며 가문을 지탱한 자들을 어찌 잊을까? 가서 돌아왔다 전하라. 패트리아스 가문의 장자이자 가문을 복권시킨 제논 패트리아스가 과거의 영광을 되찾고자 함이라고 전하라."

"며, 명을 따릅니다."

Chapter 06

"이것은 기회입니다."

"기회이긴 한데……."

모두 일곱 명의 인물이 모여 있었다. 그들은 한 사람을 중심으로 대화를 하고 있었는데 오십대 중반으로 보이는 얄팍한 얼굴에 희끗희끗 돋아난 머리카락.

그리고 눈매가 좌우로 올라가 있어서 날카로운 인상을 보여주고 있었다. 코 또한 큼지막하지만 끝이 꼬부라져 매부리코처럼 보인 덕택에 전체적인 인상이 상당히 차가워 보였다.

그러한 그가 조금은 난감하다는 듯이 고민에 잠겼다. 그러

다 자신의 앞에 있는 이들의 면면을 훑어보았다. 필립스 남작
과 그의 참모인 어빈 산타나 준 남작, 벨트란 남작과 그의 참
모인 데얀 비세이도 준 남작. 그리고 자신의 전략 작전 참모
인 코너 길라스피 남작 등이었다.

끝으로 후드를 깊숙이 눌러쓴 또 한 명의 사내가 자리하고
있었다. 이곳에 모인 이들은 모두 트리아스 자작의 울타리 안
에 있는 이들이었다.

원래 이들이 이렇게 모인 연유는 백작 가문의 가신으로 들
어갈지 들어가지 않을지에 대한 대책을 논의하기 위해서였
다.

하지만 사실상 이미 결론은 나 있었다. 원래 역모에 연루되
어 가문이 풍비박산이 난 코마롬 영지를 힘으로 승계받고 그
일족들을 처형하거나 혹은 노예로 만들거나 추방하여 얻은
영지였다.

비록 패트리아스 백작 가문의 가신이었던 코마롬 자작의
영지였으나 아직까지도 과거를 기억하는 이들은 많았다. 그
대표적인 예가 바로 바위 산맥의 주요 봉우리를 차지하고 여
전히 저항하고 있는 산적들이 있었다.

그들은 트리아스 자작이 이곳을 강압적으로 차지한 이후
줄곧 골칫거리였다. 그런데 그들의 바라마지 않았던 전 주인
이 돌아온다 하였다. 또한, 국왕은 자신들더러 신임 백작의

가신이 되라고까지 했다.

있을 수 없는 일이었다. 어떻게 가꾸어 온 영지인데 그것을 통째로 들어다 바친다는 말인가? 그러하기에 있을 수 없는 일이었다. 그래서 고민하고 있는 순간 누군가가 트리아스 자작의 옆구리를 찔렀다.

바로 후드를 깊숙하게 눌러쓴 자였다. 그자의 정체는 트리아스 자작만이 알고 있었다. 굳이 다른 두 남작에게 알릴 필요성을 느끼지 못했기 때문이다.

"던 경은 어찌 생각하시오?"

트리아스 자작은 곤혹스러운 나머지 오브레임 후작 가문의 칙사에게 질문을 했다. 후드를 깊숙하게 눌러쓴 것으로 보아 자신의 신분을 밝히고 싶지 않은 모양인데 지금 트리아스 자작은 이것저것 가릴 개제가 아니었다.

그러한 트리아스 자작의 행동에 미미하게 고개를 좌우로 저으며 깊숙이 눌러쓴 후드를 벗어버렸다. 트리아스 자작은 그제야 약간의 미소를 머금었다. 어차피 오브레임 후작 가문은 자신을 이용해서 조금은 꺼림칙한 존재를 치우길 원했다.

또한, 오브레임 후작 가문 정도 되는 가문에서 아무런 조건도 주지 않고, 부탁해 올 가문도 아니었다. 그것을 깨달은 트리아스 자작은 이왕 오브레임 후작 가문의 울타리 안으로 들어갈 바에 얻어낼 수 있는 것은 모조리 얻어내고자 했다.

후드를 깊숙이 뒤집어써 겨우 코 아래 입과 턱만 보이는 애덤 던. 그는 지금 하얗게 웃고 있었다. 늙은 여우 트리아스 자작의 음흉한 심계가 그대로 전해져 왔기 때문이었다.

아마도 트리아스 자작은 자신의 신분을 밝히면서 빼도 박도 못하도록 확고한 다짐을 받으려는 수작일 것이다. 거기에 더하여 오브레임 후작 가문의 특사로서 자신이 조언을 하면 미적거리면서 무언가 지원을 요청할 것이다.

그가 국왕파도 아니고 귀족파도 아닌 중립 노선을 걸으면서도 지금까지 버틴 것은 바로 그런 노회한 줄타기 솜씨 덕분이었을 것이다.

애덤 던도 트리아스 자작의 그러한 줄타기 솜씨는 인정했다. 하지만 욕심이 너무 많았다. 지나친 욕심은 결국 멸문의 지름길임을 모르지는 않을 그였으나, 최근 돌아가는 상황이 상당히 자신에게 유리하게 돌아가고 있음에 조금씩 담이 커지고 있는 트리아스 자작이었다.

그 한 가지 예로 바로 오브레임 후작 가문의 특사로서 패트리아스 백작을 제거하는 데 도움을 줄 자신의 정체를 밝힘과 동시에 세를 과시하고 있었기 때문이다. 특사란 보이지 않을 때 가장 확실하게 도움이 된다는 것을 모르는 바가 아님에도 불구하고 말이다.

한마디로 요 근래 트리아스 자작은 간이 붓다 못해 터질 지

경이었다. 하지만 애덤 던은 결코 그것을 내색하지 않았다. 그에게 있어 트리아스 자작쯤은 아무것도 아니었으니 말이다.

"패트리아스 백작이 힘을 갖추지 못한 지금이 가장 적기라고 할 것입니다. 그가 영주 성에 당도하고 행정력과 군사력을 갖추게 된다면 두 번 다시는 기회가 오지 않을 것입니다."

사실 트리아스 자작 역시 애덤 던이 하는 말에 동의하고 있었다. 하지만 그는 언제나 망설였다. 조금 더 얻어낼 수 있는 것이 있을 것 같은데 좀체 내어놓지 않으니 말이다.

"지금이 아니면 그를 건드릴 수 없는 연유는 한 가지 더 있습니다."

"한 가지 더?"

그때 조용히 애덤 던의 말을 듣고 있던 트리아스 자작의 작전 참모가 입을 열었다. 그는 의혹이 담긴 눈으로 자신의 작전 참모인 길라스피 남작을 바라보았다.

"영지민들의 동태가 이상합니다."

"영지민?"

"그렇습니다."

영지민이라는 말에 이마에 깊은 골을 만들어 내는 트리아스 자작이었다. 영지민 따위의 동태까지 알아야 한다는 것에 대해 짜증이 났기 때문이다. 그저 힘으로 지긋이 눌러주면 되는 그들이었으니까.

그런데 지금 그러한 영지민들의 동태까지 자신이 신경 써야 한다는 것에 짜증이 날 수밖에 없었다.

"간단하게 생각하실 문제가 아닙니다. 그동안은 어떤 확실한 구심점이 없었습니다. 때문에 각 영지의 영지민은 코마롬 자작의 후예임을 자처하는 산적들과도 데면데면한 그런 관계였고, 더불어 자작님의 실행 정책에도 그저 끌려가는 듯한 모습을 보여준 것은 사실입니다."

트리아스 자작은 고개를 끄덕였다. 원래 영지민이라는 것이 그렇다. 끌면 끌리는 대로 이리저리 휘둘린다는 것이다. 그것은 무지하기 때문이다.

그런데 자신의 작전 참모가 그들의 동태가 수상하다고 했다. 그렇다면 이것은 짜증이 날지라도 조금 생각해 보아야 할 문제였다. 순간 트리아스 자작은 자신의 영지에 상당히 많은 과거의 잔재가 존재한다는 것을 깨달았다.

코마롬 자작 가문의 가신들이나 혹은 패트리아스 백작 가문의 가신들 말이다. 그들은 의롭게 맞서 싸운 이들도 있으나 후일을 위해 치욕스러운 목숨을 연명하고자 하는 이들도 있었다.

그리고 그러하기 위해서는 이곳 코마롬 자작 영지만큼 좋은 곳은 없었다. 바로 깊고 험한 바위 산맥이 존재하고 있기 때문이었다. 일부는 바위 산맥으로, 일부는 신분을 위장하여 트리아스 자작 가문의 영지민으로 녹아들었을 가능성이 충분히 있다는 점을 깨달은 것이다.

거기까지 생각이 미친 트리아스 자작은 몸에서 오한이 드는 것을 느꼈다. 자신이 영지에 녹아들어 삼십 년을 참아온 이들이 모습을 드러낸다면? 그리고 그들이 산적이라 무시하며 토벌을 주장하면서도 제대로 토벌이 이루어지지 않고 있는 붉은 피 산적단과 결합한다면?

생각하면 생각할수록 오한이 들고 가슴이 답답해 오기 시작한 것이었다.

"어찌해야 할까……."

트리아스 자작은 말을 흐렸다. 생각보다 문제가 심각했다. 자칫 잘못하면 패트리아스 백작이 영주 성에 앉는 그 순간 자신의 영지는 통째로 패트리아스 백작에게 먹히기 십상이었기 때문이었다.

"지금 제거하는 것이 가장 옳은 방법입니다."

"하나, 주변의 시선이……."

애덤 던 경의 말에 트리아스 자작은 또한 말끝을 흐렸다. 확실히 주변의 시선이 있었다. 자신은 귀족이고 말이다. 가신이 주군을 배신하는 것과 같았다. 물론, 아직 자신이 패트리아스 백작의 가신이 된 것은 아니지만 말이다.

정 싫으면 영지를 교환하여 다른 곳으로 이주하면 그뿐이었다. 하지만 무려 30년 동안 안주해 온 영지다. 이곳을 쉽게 벗어날 리는 만무하다. 물론, 지금의 코린 왕국의 사정이 튼튼한 왕권체제였다면 문제가 없을 것이나, 왕권보다 귀족의 힘이 더 큰 현실이다 보니 왕의 명령은 그저 명령일 뿐이었다.

"주변의 시선 때문에 앉아서 모든 것을 들어서 바칠 수는 없지 않겠습니까?"

던 경의 말에 슬쩍 던 경을 바라보는 트리아스 자작이었다. 그리고 크게 심호흡을 했다.

"도움을 주셨으면 하오."

"어찌 도와드릴까요?"

던 경이 새하얀 이를 드러내며 웃었다.

"우리가 준비할 동안 그의 걸음을 막아주시겠소?"

"그 정도라면……."

이 정도는 나올 줄 알았다. 굳이 죽일 필요 없이 그저 발걸음을 늦추는 것쯤이야 얼마든지 할 수 있었으니 말이다. 어찌되었든 자신이 드러나지 않으면 된다. 아니 오브레임 후작 가문이 이 일에 개입되었다는 것이 드러나면 안 되었다.

그러하기에 이들과 적당한 거리를 두는 것이다. 성공하면 좋겠으나 성공하지 못하면 문제가 될 소지가 너무 컸다. 우선은 가신들로 임명된 귀족들을 선동하여 군주를 죽였다는 것은 귀족들에게 있어서 치명적일 수 있었다.

귀족이 달리 귀족이 아니다. 피폐해질 대로 피폐해지고, 이미 사라지고 없어진 노블리스 오블리주를 아직도 입에 달고 사는 것이 귀족이다. 그래서 귀족들은 그러한 데에 더욱 민감하다.

그런데 귀족들을 영도하는 오브레임 후작 가문에서 그런 치욕스러운 공작을 했다면 어떻게 될 것인가? 그것은 오브레임 후작 가문의 명예에 치명적인 독으로 작용할 것이었다.

그래서 던 경은 자신의 이름은 밝혔으나 자신이 소속은 밝히지 않았다. 하지만 트리아스 자작은 아마도 자신이 오브레임 후작 가문에 속해 있다는 것을 이미 알고 있을 것이다.

'교활한 늙은 여우 같으니라고.'

하지만 던 경은 결코 그러한 생각을 겉으로 드러내지는 않았다. 그저 지금은 트리아스 자작의 비위를 맞춰줄 뿐이었다.

"던 경이 허락하였으니 우리는 우리대로 준비를 해야 하겠군."

트리아스 자작이 입을 열자 던 경을 제외한 다섯 명이 의자를 끌고 회의 탁자에 바짝 몸을 붙였다. 트리아스 자작으로서는 이미 화살이 떠난 것이나 다름없었다.

성공 아니면 실패만 있을 뿐이다. 성공한다면 귀족파에 당당하게 입성함과 동시에 고귀한 명예를 얻을 것이다. 물론, 트리아스 자작이 그것을 원하는 것은 아니었다.

성공 이후에 떨어질 개인적인 이득에 더 관심이 많았다. 하지만 귀족이라는 것이 어디 자신이 욕심을 앞으로 드러내던가? 다 국왕을 위해서, 혹은 왕국을 위해서. 그것도 아니면 영지민을 위해서지.

하지만 실패하면 아무것도 남지 않았다. 자신은 물론, 자신의 일족 모두가 죽음을 당할 것이다. 실패해서 산다 해도 다시 재기할 수 없는 것은 분명하였다. 재기를 꿈꾸기에는 트리아스 자작의 나이가 너무 많았으니.

＊　　　＊　　　＊

"크하아악!"

마지막 한 명이 사방을 쩌렁 울릴 정도로 커다란 비명을 내지르면서 죽음을 맞이했다. 그러한 모습을 바라보던 제논은 살짝 눈살을 찌푸렸다. 벌써 다섯 번의 암습이었다.

그 다섯 번이 지금까지의 여정에서 다섯 번이 아니라 하루 동안 받은 암습을 말하는 것이면 정말 많은 암습을 받은 것이라 할 수 있었다. 제논은 무심하게 죽은 시체에 다가가 손목을 들어보았다.

검은색으로 된 표식.

칼 하나를 두고 두 마리의 뱀이 타오르며 칼의 바깥쪽을 향해 입을 쩍 벌린 문양이었다.

'역시 블랙 맘바.'

블랙 맘바라는 조직. 그들은 어쌔신 조직이 분명 의뢰를 받았을 것이 분명했다. 하지만 의뢰를 누가 했느냐가 중요했다. 물론, 어느 정도 예상은 하고 있었다.

지금 현재 자신의 등장으로 가장 손해를 본 귀족들일 가능성이 높았다. 그 가능성이란 것에 중점을 두면 간단하게 답이 나올 수 있었다. 바로 자신의 영지로 지정된 곳에 영지를 가지고 있는 트리아스 자작과 필립스 남작 그리고 벨트란 남작일 것이다.

국왕은 그들에게 새로운 영지를 주겠다고는 했으나 짧게는 삼십 년 길게는 몇 백 년을 한 지역에 잘 지내고 있던 이들이 새로운 영지로 과연 이주할까? 하고 생각한다면 당연히 아니라고 할 것이다.

그러면 남는 것은 가신으로 울타리 안으로 들어가는 것인데 과연 그들이 그리할 것인지를 생각하면 그것 역시 당연히 아니라는 결론이 나온다. 그것은 그들의 명예와 직결된 것이니 말이다.

거기까지는 이해했다. 그러면 그들이 자신의 발걸음을 이리도 늦추는 이유는 대체 무엇이란 말인가? 지금까지 자신을 공격한 어쌔신들의 면면을 보면 악착같이 자신을 죽이려 하는 것이 아니라 최대한 오래 살아남으며, 시간을 끌고 있다는 것을 느꼈기 때문이다.

"누군지 몰라도 돈 참 많이 쓰네."

그때 스웬슨이 죽은 시체를 바라보며 입을 열었다. 스웬슨 역시 이들이 일행의 발걸음을 늦추는 데 주력하는 것을 느끼고 있는 것이었다. 보통 어쌔신 길드에 의뢰하는 것도 상당한 자금이 필요한데 블랙 맘바라는 최상위 어쌔신 길드를 투입한 것을 보니 부지불식간에 그런 말이 튀어나온 것이었다.

"그렇군. 또 다른 조직이 관여하고 있군."

스웬슨의 말에 제논은 깨달을 수 있었다. 이들은 자신이 생각하는 귀족들이 의뢰한 것이 아니라는 것을 알 수 있었다. 지금까지 총 20회 이상의 암습을 받았고, 그에 투입된 어쌔신들이 무려 1백을 상회한다고 치면, 여느 귀족 가문에서 부담할 수 있는 금액이 아니었다.

"다른 조직이라면?"

클라렌스가 물었다.

"굳이 조직일 필요는 없을 것입니다. 이들을 움직일 수 있는 인물이어도 상관없고요."

제논의 말에 클라렌스가 깊은 생각에 잠겼다. 그리고 이내 그 해답을 찾아내었다.

"오브레임 후작 가문이로군요."

클라렌스의 말에 제논이 설핏 웃음을 떠올렸다. 놀랍도록 정확한 추측이었기 때문이었다.

"왜 그렇게 생각하시는지요."

"간단하게 헤밀턴 공작 가문은 움직이지 않아요. 왜냐하면 헤밀턴 공작 가문은 이미 하나의 왕좌를 차지하고 있기 때문이지요. 하면 남는 것은 그들의 재상 격인 오브레임 후작 가문만 남지요."

이것 역시 제논과 생각하는 바가 같았다. 제논 역시 그리 생각하고 있으니 말이다. 하지만 제논은 오브레임 후작 가문이 직접 관여했을 가능성은 없다고 보았다.

자신이 알고 있는 알리스타 오브레임은 결코 상대가 되지 않는 이를 상대로 그 힘을 약화시키는 일 따위는 하지 않는다. 자신의 상대라고 인정했으면 자신과 같은 힘을 가질 때까지 기다리는 성정이었으니.

"아마도 오브레임 후작이 직접 명하지도 않았을 거예요. 그의 성정상 자신의 적으로 인정했으면 자신과 같은 반열에 오르기까지 기다리는 타입이니까요. 그렇다는 것은 곧 오브레임 후작에 대한 과잉 충성을 바치는 이들의 독단적인 행위일 가능성이 크네요."

"맞습니다."

확실히 8서클의 현자였다. 단 하나의 상황으로 모든 것을 유추해내고 있었다. 제논은 주변을 둘러보았다. 날이 어두워지고 있었다. 오늘 하루 다시 노숙을 해야만 하는 상황에 놓이게 된 것이다.

"오늘도 노숙이우?"

스웬슨이 물었다. 굳이 빨리 갈 필요가 없음을 느낀 제논은 어깨를 으쓱해 보였다. 걸어온 싸움을 피하고 싶지는 않았다. 적들은 지금이 절호의 기회라고 생각할 것이고, 자신 역시 지금이 절호의 기회라 생각하고 있었다.

저들은 아직 자신의 전력을 모르고 있었다. 어쎄신이 한 1만 명 정도가 한꺼번에 공격해 온다면 생각을 좀 해볼 만했다. 하지만 여기에는 8서클의 현자와 스웬슨이 있었다.

1만이라 해도 결코 쉽지 않은 전력이었다. 빨리 걸음을 재촉한다면 불과 보름 안에 영주 성까지 도달할 수 있었다. 하지만 제논은 마치 지금의 상황을 즐기기라도 하듯이 여유 있게 움직이고 있었다.

지금 제논은 스스로 미끼가 되어 어둠 속에 모습을 감추고 있는 적들을 꾀어내고 있었다. 자신의 도착이 늦어진다고 생각되면, 영주 성에서도 어떤 형식으로든지 반응이 있을 것이다.

그리고 가신이 될 귀족들도 반응이 있을 것이고, 기사들도 반응이 있을 것이다. 단 한 번의 움직임에 모든 옥석을 가리고 있는 제논이었다. 그렇게 밤이 깊어가고 있었다.

제논은 앞으로 행해질 자신의 행보에 대한 생각에 좀체 잠을 청할 수 없었다. 그래서 그저 멍하게 피워놓은 화톳불을 바라보고 있었다. 그때 그의 예민한 감각에 걸리는 것이 있었다.

"암습할 생각이 아니라면 나와도 되겠군."

제논의 말에 잠시 침묵이 감돌던 어둠에서 몇몇의 사람이 제논의 앞으로 걸어 나왔다. 훤칠하게 큰 인물들. 대단한 체구를 가지고 있는 이들이었다. 그러한 그들을 보며 제논은 생각했다.

'라이칸 슬로프.'

제논의 눈이 날카로워졌다. 그리고 빛이 났다. 자신의 앞으로 다가오는 라이칸 슬로프들의 무리 중에 아는 얼굴을 발견한 탓이었다.

"젠슨… 이라고 했던가?"

"기억하고 계시군요."

"무슨 일로 온 거지?"

"안토노프가 보냈습니다."

"안토노프가?"

젠슨이라는 라이칸 슬로프의 말에 제논은 단박에 전후 사정을 알아차릴 수 있었다. 안토노프는 아직도 감시를 받고 있는 것이었다. 그러하니 당연히 운신의 폭이 좁을 수밖에 없었다.

그는 제논의 위험을 알고 있을 것이다. 그리고 어떤 형태로든 제논을 도와주고 싶었던 것일 게다. 그러한 이유로 자신과 안면이 있는 젠슨을 보낸 것이고 말이다.

"몇 명인가?"

"300명입니다."

"꽤 많군."

"복수를 위해서라면 이보다 더한 형제도 보내줄 수 있다 했습니다."

제논은 그저 고개를 끄덕였다. 여기로 온 300명의 라이칸 슬로프는 명령에 죽고 사는 이들이 아니라 할 수 있었다. 그들은 개인적으로 밤의 일족과 같은 하늘 아래에 머물 수 없는 이들이 대부분이라 했다.

전에 안토노프를 만났을 때 그가 말한 대로라면 현재 코린 왕국에 있는 라이칸 슬로프의 총원은 2만에 가깝다. 그중 안토노프를 따르는 이는 2천 명 수준. 절대적인 열세였다.

그리고 안토노프는 그 절대적인 열세를 뒤집을 파트너로 제논을 선택했고, 지금 여기에 3백 명의 라이칸 슬로프를 제공한 것이었다.

"전원 검과 방패의 기사단 소속 기사로 임명한다. 단장은 스웬슨 패트리아스. 이상!"

"......"

젠슨은 별다른 말이 없었다. 사병으로라도 자신들 써주기만 해도 감지덕지라 할 수 있는데 기사라면 자신들의 운신의 폭이 훨씬 넓어질 수 있기 때문이다. 젠슨은 만족하며 뒤를 보며 고개를 끄덕였다.

그에 3백 명이 라이칸 슬로프가 빠르게 노숙하고 있는 주변으로 흩어졌다. 경계를 서는 것이었다. 그들은 기본적으로 잠을 며칠 자지 않는다고 해서 신체에 이상이 생기지 않는다.

호위 병력으로는 이들보다 더 이상적인 존재가 없는 것이었다.

"한데, 한 명이 더 숨어 있는 것 같은데 어찌하시겠습니까?"

젠슨이 물었다. 젠슨 역시 은신해 있는 또 한 명의 존재를 알아차린 것이었다. 그의 예민한 감각에 공격의 의사가 전혀 없었기 때문에 제논에게 의향을 묻는 것이었다.

"왔으면 나서라. 더 이상 두고 보지 않을 것이다."

은신을 허용하지 않겠다는 제논의 말이 떨어짐에 어둠 속에서 은신하고 있던 이가 모습을 드러내었다.

"누군가?"

"……."

제논의 물음에 아무런 대답을 하지 않은 복면인은 품속으로 손을 가져가더니 하나의 두루마리를 꺼내 제논에게 전달했다. 제논은 아주 자연스럽게 그 두루마리를 받아들었다.

제논은 복면인을 의심하지 않았다. 그것은 젠슨 역시 그러했다. 그저 무시하게 제논의 하는 양을 지켜보는 젠슨이었다. 자신을 단 일 초에 제압한 사람이다. 그러한 사람이 저깟 어쌔신에게 암습 당할 이유가 없음이니 태평할 수밖에 없었다.

"형님, 애들은 뭐유?"

언제 깨어났는지 스웬슨이 제논의 곁으로 어슬렁거리며 다가오며 물었다. 아마도 스웬슨 역시 이들의 존재를 느끼고 있었을 것이다. 그는 누가 뭐라 해도 대지의 중급 정령사였으니 말이다.

그리고 조금 더 있으면 상급의 정령을 부릴 수 있을 정도의 대단한 능력을 지닌 능력자이니까 말이다. 대지를 딛고 살아가는 모든 생명체는 그의 손안에 있다고 해도 과언이 아니었고, 대지에 접해 있는 이상 그를 속일 수 있는 존재는 없다고 봐도 무방하니까 말이다.

"신입 기사들이다."

"오호!"

아주 반갑다는 듯이 눈을 반짝이며 젠슨을 바라보는 스웬슨이었다. 스웬슨과 젠슨의 눈이 부딪혔다. 둘의 시선에는 불꽃이 일었다. 그런 두 사람의 모습을 본 제논은 고개를 살짝 저으며 입을 열었다.

"둘이 알아서 해. 장소는 소리가 안 나는 곳으로 하고."

제논의 말에 둘의 시선이 일제히 그를 향했다. 그리고 히죽 웃는 둘이었다.

"역시 형님이우."

"역시 백작 각하십니다."

둘이 동시에 입을 열었다. 그리고 다시 서로를 바라보았다.

"옮기지?"

"아주~ 좋아!"

말과 동시에 젠슨의 신형이 벼락처럼 움직여 어둠 속으로 사라졌다. 그러한 젠슨을 바라보며 스웬슨이 히죽 웃었다.

"그래봐야 개지 뭐."

"적당히 해라."

"튼튼해 보이는데 상관없지 않수?"

그렇게 말을 하면서 휘적휘적 걸어 가버리는 스웬슨이었다. 휘적휘적이라고는 하지만 대지의 걸음을 사용했음인지 한 걸음에 이삼십 미터씩 쭉쭉 뻗어나가고 있었다.

그러한 둘을 잠시 일별하던 제논은 다시 복면인이 건넨 두루마리를 읽기 시작했다. 상당히 긴 내용이었다. 근 30분에 걸쳐 읽었으니 말이다. 그리고 마침내 두루마리를 모두 읽은 제논의 시선이 복면인에게로 향했다.

"이것이 사실인가?"

"저는 그 두루마리에 무슨 내용이 적혀 있는지 모릅니다."

드디어 복면인이 입을 열었다. 그 또한 두루마리의 내용을 모른다 했다. 철저하게 비밀을 엄수하고 있음이 느껴졌다.

"마이클 레빗이라는 블랙 맘바 어쌔신 길드장이 당신에게 전권을 위임하였고, 그 전권을 이용해 나를 도울 인물이라고 써 있더군. 아리에 와르셀."

제논이 그의 이름을 부르자 비로소 복면을 서서히 벗는 아리에 와르셀이었다. 복면을 벗자 서글서글한 와르셀의 모습이 보였다. 어떻게 보면 전혀 어쌔신 같지 않은 그런 모습이었다.

"의외로군."

"저는 어쌔신이 아니니까요."

"웬만한 기사들은 눈치조차 채지 못할 정도의 은밀한 은신술을 가지고 있음에도 불구하고도 어쌔신이 아니다라……. 어찌 해석해야 할지 난감하군."

"지금은 그것이 문제가 아닌 듯싶습니다만."

"물론, 그렇지. 하지만 신뢰가 우선이 아닌가 싶어서 말이지."

제논의 말에 잠시 생각에 잠기는 와르셀이었다. 확실히 제논의 말이 맞긴 했다. 아무리 계약적인 관계로 서로를 이용하는 관계이나 완벽하게 계약적인 관계일 수는 없었다.

사람 일이란 모르는 것이다. 또한, 상황이반드시 머릿속에서 생각하는 그대로 이루어지는 것도 아니기 때문이었다. 그러한 면에서 보자면 와르셀로서는 조금의 틈을 보여주는 것도 괜찮을 듯싶었다.

"정식으로 소개하겠습니다. 블랙 맘바의 서브 마스터 아리에 와르셀입니다. 사적으로는 마스터와 친우이며, 행정적 혹은 전략적 동반자라 할 수 있습니다."

"본 작 또한 정식으로 소개하지. 제논 패트리아스라 하네. 30년 전 멸문 당한 패트리아스 백작 가문의 장자이자 15년 전 제거된 특수 작전 4조의 넘버 세븐이네."

제논의 소개에 와르셀은 조금 놀랐다. 물론 패트이아스 백작 가문의 장자라는 것을 알고 있었다. 하지만 15년 전 제거된 특수 작전 4조의 넘버 세븐이 당사자라는 것은 모르고 있었다.

"모르고 있었나 보군."

"특수 작전국으로부터 15년 전 제거된 퍼플 등급의 특수 작전 4조 중 생존자가 귀환했다는 것은 들었습니다. 하나, 그것이 백작 각하라는 것은 처음 알게 되었습니다."

제논은 고개를 끄덕였다. 생각했던 대로 아담 라로쉬라는 자는 특수 작전국의 일개 요원이 아니라는 생각이 들어서였다. 그리고 그의 입이 의외로 무겁다는 것에 대해 상당히 기꺼웠다.

그가 자신에 대해 대내외적으로 말하지 않은 이유는 미루어 짐작해 볼 수 있는데 그것은 바로 동질감과 다시 새롭게 시작하는 특수 작전국의 전신에 대한 예우 차원이었을 것이다.

"어차피 앞으로 본 작을 도우려 한다면 직책이 있어야 할 것. 그대를 남작의 작위를 내리며 패트리아스 백작 가문의 작전 참모장으로 임명하는 바이네."

제논은 거침이 없었다. 지금의 연계가 작전이 끝난다면 완벽하게 틀어질 수도 있음을 앎에도 불구하고 제논은 와르셀을 남작으로 임명하고 작전의 핵심인 참모장으로 임명하고 있었다.

"이제 모든 절차상의 문제는 끝이 났고, 이 두루마리에 적힌 내용이 사실인지만 확인하면 되겠군. 와르셀 남작은 정말 이것이 사실이라고 생각하는가?"

"사실입니다."

간단하게 말을 하는 와르셸 남작이었다. 그 연유는 다름 아닌 두루마리에 적힌 사항을 직접 작성한 것이 자신이었기 때문이었다. 그러니 당연히 자신만만하게 말을 할 수밖에 없었다.

"내부 반란이라……."

제논은 생각에 잠겼다. 내부 반란이라면 그 또한 생각한 바가 있었다. 바로 자신이 영지를 떠나기 싫어하는 세 명의 귀족을 말함일 것이다. 그들이 반란을 모의하고 있는 것이었다.

"그들의 전력이 어느 정도 되나?"

"트리아스 차작이 현재 고용하고 있는 용병까지 합한다면 대략 3만의 병력이 될 것이고, 벨트란 남작과 필립스 남작 각 1만으로 총 5만의 병력이 됩니다."

"상당하군."

그것은 제논의 감정이었다. 솔직히 아이작스 백작 영지에 있을 때에도 세 개의 영지와 영지전을 한 적도 있었기에 담담할 수 있었다. 하지만 그 병력의 수만큼은 솔직히 무시하지 못할 정도였다.

"아군의 전력은 어떻다고 보는가?"

"…여기 있는 인원이 전부입니다."

와르셸 남작의 평가는 지극히 간단하고 무참했다.

"그렇다는 것은 영주 성에서 대리 영주를 하고 있는 캠프 남작 역시 돌아섰다는 의미인가?"

"그는 중립적인 위치를 고수하고 있습니다."

"그의 전력을 합하면?"

"2개 기사단 200명과 영주 성 경계 병력 1,000명을 비롯해 대략 3,000명 내외입니다."

모자랐다. 인원이 너무 모자랐다. 하지만 수가 전혀 없는 것은 아니었다.

"방법은?"

제논은 그렇게 생각했다. 그렇지 않다면 와르셀 남작을 자신의 곁으로 보낼 이유가 없었기 때문이다. 제논의 시선을 받은 와르셀 남작은 고개를 끄덕이며 담담하게 입을 열었다.

"바위 산맥에 존재하는 산적들을 끌어들인다면 승산이 있습니다."

"이미 그들은 나와 같이하기로 했네."

"그렇다면 최종적으로 심리전을 펼쳐야 합니다."

"심리전이라……."

와르셀 남작의 말이 무엇을 의미하는지 아는 제논이었다. 심리전이라 하면 아직도 과거를 회상하는 영지민이 많음을 의미할 것이다. 영주들에 대한 심리전이 아닌 영지민들 속에 숨어든 과거의 존재들에 대한 심리전이라 할 수 있었다.

"그렇다면 맡기지."

제논의 대답은 간단했다. 그 간단한 대답에 오히려 당황한 것은 와르셀 남작이었다. 자신을 어떻게 믿고 맡긴단 말인가. 아무리 계약 관계라고는 하지만 이것은 너무 파격적이었다.

'멍청한 것인가 아니면 고도의 술수인가?'

도무지 종잡을 수 없는 사내가 바로 제논이라는 자였다. 아니 왕국이 검과 방패인 패트리아스 백작이었다. 물론, 과거의 명예를 회복했다 해서 모든 것이 그에 맞춰진 것은 아니지만 말이다.

'만약 이것이 그의 의도된 고도의 술수라면 정말 무서운 자다. 결코 쉽게 상대할 수 있는 자가 아님은 분명하다.'

와르셀 남작의 뇌에 빨간 불이 켜졌다. 생각보다 상대가 더 대단함에 놀라고 있는 것이었다. 그리고 그 놀라움은 결국 불안함으로 종결되었다. 와르셀 남작은 결국은 패트리아스 백작이 제거될 것임을 알고 있었다.

하지만 잠깐 동안 대화를 나눠본 결과 그는 결코 국왕이 판단하는 그런 호락호락한 사람이 아니었다. 아니, 어쩌면 무서울 정도로 냉철한 사람일지 몰랐다.

그래서 불안감이 깃들었다. 경계의 불안감이 말이다. 하지만 지금 현재 자신이 할 수 있는 것은 국왕이 시간을 벌 수 있도록 모든 이목을 이곳에 모으는 것이었다.

그러기 위해서 자신은 이번 전쟁 아닌 전쟁에서 반드시 패트리아스 백작이 승리하도록 해야만 했다.

'어차피 정해진 길이다. 현재의 내 직분에 최선을 다할 뿐.'

그렇게 생각을 했다. 그것이 옳았으니까. 다만, 자신이 친우에게는 지금의 자신이 생각을 전해야만 할 것이다.

자신을 남작의 작위와 함께 작전 참모장이라는 중임을 맡긴 패트리아스 백작 역시 이러한 자신의 생각을 어느 정도 읽었을 것이다. 그리고 국왕의 생각도 말이다.

아니, 확실하게 느끼고 있을 것이다. 그가 진정한 패트리아스 백작 가문의 장자이고, 15년 전 제거된 특수 작전국 4조의 넘버 세븐이라면 말이다.

와르셀 남작과 제논이 이렇게 서로의 입장을 놓고 무서울 정도의 두뇌 싸움을 하고 있는 동안 일행으로부터 멀어진 스웬슨과 젠슨 역시 필사의 적을 앞두고 있다는 듯이 서로를 무섭게 쏘아보고 있었다.

하지만 그런 험악한 상황과는 별도를 그들의 얼굴에는 실로 오랜만이라는 듯이 진득한 미소가 떠올라 있었다.

"이런 기분 정말 좋군."

스웬슨이 먼저 입을 열었다. 자신이 각성한 이후로 실로 오랜만에 느껴보는 빡빡한 살기였다. 각성 전에야 뭐, 세상 모든 것이 다 무서웠다면, 정령사로 각성한 후에는 강함에 대한 동경이 더 늘어났다.

형님과는 실력의 차가 너무 확연하니 별 재미도 없다. 하지만 자신의 앞에 서 있는 놈은 솔직히 자신보다는 조금 하수지만 그래도 가볍게 몸을 풀 정도는 되어 보였다.

자신을 보고 으르렁거리길래 은근슬쩍 기세를 좀 흘렸더니 이놈이 똥인지 스프인지 모르고 거세게 달라붙었다. 그래서 기분 좋다고 한 것이다. 오랜만에 가지고 놀 놈이 생겨서 말이다.

반면에 젠슨은 자신이 위치에 위기감을 느꼈다. 불현듯 느껴지는 그 감각은 반드시 서열을 정리해야만 한다는 강박으로 자리 잡았으니 말이다. 스웬슨을 바라보며 젠슨은 날카로운 송곳니를 드러냈다.

그는 이미 이곳에 오면서 변신을 마친 상태였다. 인간이 모습으로 있을 때는 보통 190센티미터 정도의 키를 유지하지만 라이칸 슬로프로 변신했을 때에는 2미터 50센티미터의 장신이 되는 젠슨이었다.

손톱이 점점 길게 자라나고 있었다. 그러한 젠슨을 모습을 바라보던 스웬슨은 손을 들어 손가락을 까딱거렸다. 명백한 도발이었다.

"크아아앙!"

그에 젠슨은 참지 않았다. 투쟁에 대한 본능이 깨어나고 있었다. 길게 혀를 빼 물고, 주체할 수 없이 흐르는 침을 뒤로하고 번개보다 빠르게 스웬슨을 향해 쇄도했다.

쉬아아악!

날카로운 소리가 들렸다. 어느새 스웬슨의 지근거리에 도달한 젠슨이 날카로운 손톱을 휘두른 것이었다. 하나, 그의 손톱에 걸리는 감각은 없었다. 이 정도쯤은 당연하다 생각했다.

자신이 온몸에 난 털이 곤두서는 감각을 가진 자다. 그러한 자가 단 한 번에 자신에게 당하리라고는 생각하지도 않았다. 이어 빠른 속도로 다가가며 또다시 손톱을 휘두르는 젠슨이었다.

까가가강!

'이런 미친!'

젠슨은 울부짖었다. 자신의 손톱은 무려 30센티미터에 다다른다. 그리고 일반적인 강철 검으로는 자신의 손톱을 막을 수조차 없었다. 그런데 스웬슨이라 불리는 자는 자신이 손톱을 가볍게 팔로 막아내고 있었다.

그것도 얼굴에 웃음까지 띠면서 말이다. 그에 젠슨은 빛보다 빠르게 몸을 놀려 비어 있는 스웬슨의 목에 날카로운 송곳니를 들이댔다. 하나, 그조차도 여의치 않았다.

어느새 저만큼 물러나 있는 스웬슨이었다. 젠슨은 포기하지 않았다. 빠르게 다가가 풍차처럼 두 손을 휘둘렀다. 스웬슨 여전히 입가에 엷은 미소를 띠며 빠르게 쇄도하는 젠슨의 손톱을 막아내고 있었다.

"크르륵! 피하기만 할 것이냐."

젠슨은 지금 약이 오를 대로 올라 있었다. 이건 마치 철벽을 두드리는 느낌이 들었기 때문이다. 애초에 자신보다 조금 강하다고 느껴져 서열을 정리할 필요성을 느껴 그를 선택했다.

하지만 상대는 자신을 마치 어린아이와 놀듯이 대하고 있는 것이다.

"재미없나 보군. 그럼 시작하지."

파하악!

스웬슨이 움직였다. 3미터에 달하는 거구가 움직임에도 전혀 느리지 않았다. 아니 오히려 지금까지 움직였던 젠슨보다 더 빨리 움직였다. 젠슨은 순간 위험함을 느꼈다.

재빨리 두 손을 아래로 내렸다.

퍼헉!

"크으윽!"

"오오! 막았네?"

재미있다는 듯이 말을 하는 스웬슨이었다. 설마 자신의 공격을 막을 줄 몰랐다는 듯이 말이다. 그러한 스웬슨의 모습을 기겁하여 바라보고 있는 젠슨이었다.

'애초에 상대가 안 되는 것이었군. 하긴 백작 각하 역시 다르지 않았던 생각이 드는군.'

젠슨은 그제야 느낄 수 있었다. 스웬슨의 공격을 막아낸 두 손이 아직도 은은하게 아파오고 있었다. 이것은 보통의 공격이 아니었다. 그저 적수공권의 공격임에도 불구하고 말이다.

자신이 라이칸 슬로프로 아다만티움에 비견되는 특별한 뼈대를 가지고 있지 않았다면 아마도 전신이 뼈가 조각조각나 피를 뿜으며 죽었을 것이다. 분명 자신이 살아 있음에도 젠슨은 별로 기분이 좋지 않았다.

자신은 전사다. 전사는 전사로서 대우를 해주는 것이 옳다고 보기 때문이었다. 자신은 죽더라도 최선을 다하고 싶었다.

"무슨 짓이냐?"

"뭐가?"

"왜 최선을 다하지 않느냔 말이다."

젠슨의 말에 잠깐 멀뚱히 그를 바라보던 스웬슨이 입을 열었다.

"내가 최선을 다한다면 넌 손톱조차 꺼내지 못해. 물론 넌 전사로서 대우해 주길 원하겠지. 하지만 나는 네가 아깝다. 앞으로 얼마든지 자라날 수 있는 실력이 있는데도 불구하고 타고난 신체 조건과 유사 인종의 월등함으로 인해 그냥 그 자리에 주저앉아 있는 것이 아깝다."

의외로운 스웬슨의 말이었다. 오히려 그런 스웬슨의 말에 당황한 것은 젠슨이었다. 설마하니 이런 말을 자신이 들을 줄은 몰랐다. 화가 나야 하는데 무슨 일인지 화가 나지 않았다.

대신 뜨겁게 타오르던 머리가 차갑게 식어가고 있었다.

"네놈 또한 뛰어난 신체 조건을 가지고 있지 않느냐."

"내가 뛰어난 신체 조건을 가지고 있는 것은 같은 인간에 비해서 뛰어난 조건을 가지고 있는 것이지, 유사 인종 중에서 뛰어난 조건을 가지고 있는 것은 아니다. 너희는 달의 일족이라 불린다. 비록 밤의 일족에 의해 그 자유가 박탈당했지만 너희는 유사 인종 중 가장 뛰어난 신체 조건과 두뇌를 가지고 있지 않느냐?"

그랬다. 라이칸 슬로프가 뛰어난 신체 조건을 가지고 있는 것은 누구나 안다. 그들을 타고난 전사라 하는 이유가 바로 그것이니까. 하지만 세간 사람들은 모른다. 라이칸 슬로프의 뛰어난 지능을 말이다.

그것은 너무 뛰어난 신체 탓에 그 뛰어난 지능이 묻혀 버린 결과였을 뿐이다. 일례로 밤의 일족은 아직도 그들에게 반하고 있는 달의 일족이 있다는 것을 제대로 감지하지 못하고 있다는 것을 들 수 있다.

만약 알았다면 안토노프와 그를 따르는 형제들은 결코 살아남을 수 없었을 것이다. 하지만 그들은 살아남았고, 안토노프와 뜻을 같이하는 형제들이 계속 늘어나고 있었다.

밤의 일족을 속일 정도의 영명함과 인내는 오히려 그들의 전사적 이미지를 십분 활용한 전략이라 할 수 있었다. 그것을 한눈에 꿰뚫어 보는 스웬슨이었다.

젠슨의 앞에 서 있는 스웬슨은 결코 과거의 스웬슨이 아니었다. 정령사라는 족속이 대체로 하이퍼 마나 오션(Hyper Mana Ocean;상단전)을 다룸에 그 직관력이 남다를 수밖에 없어서인지 스웬슨은 라이칸 슬로프의 진실을 꿰뚫어 보고 있었다.

스웬슨의 말에 젠슨은 온몸이 발가벗겨져 서 있는 것 같은 충격을 받았다. 패트리아스 백작은 차치하고서라도 또 한 명의 절대자를 보는 것 같은 느낌이 들었기 때문이다.

"자만하지 말라. 형님의 일행 중 그대들이 자만하여 함부로 대할 이는 아무도 없다. 또한, 그대들의 그 알량한 전사적 취향으로 형님을 따르는 일행을 함부로 재단치 말라. 이것은 분명 경고다."

정신이 깬 젠슨은 지금 참으로 무서운 경고를 받았다는 느낌을 받았다. 그에 이미 싸우고 싶다는 서열을 정해야만 한다는 투기는 온데간데없고, 이 숨 막히는 상황에 대해 냉철하게 대응하고자 하는 생각만 들었다.

"어찌해야 합니까?"

"자만심을 버려라. 그리고 끊임없이 채찍질하고, 즐겨라."

모두 알아들을 수 있는 말이었다. 하지만 마지막 즐긴다는 말은 이해하지 못한 젠슨이었다. 투쟁이 어찌 즐긴다고 해서 되는 것인가? 아니다. 투쟁은 싸워서 쟁취하는 것이다.

어찌 즐길 수 있단 말인가?

"투쟁은 즐길 수 있는 것이 아닙니다."

젠슨의 말에 씨익 웃음 짓는 스웬슨이었다.

"지금부터 그것을 알려주마."

그러면서 득달같이 움직이는 스웬슨이었다. 갑작스러운 공격이었으나 결코 막아내지 못할 것은 아니었다. 막았다. 또 다른 공격이 들어왔다. 피했다. 공격해 들어오고 막고, 공격해 들어오고 피했다.

끊임없이 반복되었다. 그러다 어느 순간 젠슨은 공격해 들어갔다. 도무지 틈이 나지 않을 것 같던 스웬슨의 공격에 틈을 발견하였다. 물론, 간단한 동작으로 자신의 공격을 무효화시켰지만 대결이 시작된 이후 첫 번째 공격이었다.

사타구니 밑에서부터 짜르르 한 감각이 마치 뇌전에 감전되듯이 척추를 타고 후두부를 관통해 들어갔다. 눈이 밝아졌다. 스웬슨의 공격을 막고, 회피하면서 또다시 공격을 실시

했다.

점점 젠슨의 공격의 횟수가 늘어났다. 물론, 처음 거의 삼십 분 동안 아무것도 하지 못하고 그저 피하고 막기에만 급급했던 때보다 늘어났다는 것이지, 스웬슨을 압도했다는 것은 아니다.

그러는 도중 젠슨의 입가가 쭉 찢어지면서 기괴한 웃음이 흘렀다. 날카로운 송곳니가 빛이 났다. 젠슨의 눈에는 희열이 감돌았다. 라이칸으로 변신하면서 한 번도 흘려보지 못한 땀이 송글송글 났다.

이마에 난 것이 아니라 콧잔등에 말이다. 거친 숨이 토해지고, 전신은 어디서 녹신하게 두드려 맞은 듯이 혹은 물에 젖은 솜뭉치처럼 무거워졌다. 그러함에도 불구하고 웃음이 끊이지 않았다.

그러다 어느 순간 가슴 저 깊은 곳에서 무엇인가가 용솟음치는 것을 느꼈다. 세상의 모든 것을 태워 버릴 것 같은 그 느낌은 대체 무어라고 형언할 수조차 없을 정도였다.

'이것이구나! 즐기라는 것은 이런 것이구나. 투쟁이 물러지는 것이 아니라 또 다른 투쟁의 본심을 이끌어 내는 것이로구나.'

그것을 깨달았을 때 젠슨은 조금 여유로워졌다. 그러한 젠슨이 모습을 보던 스웬슨이 불현듯 공격을 멈추었다. 하지만 젠슨은 계속 움직이고 있었다. 지금 젠슨은 또 다른 자신과 함께 어울리고 있었다.

자신을 상대로 투쟁하고 싸우는 것이 아닌 자신을 불러내 어깨를 나란히 하고 같이 가는 대련의 상대로 대하는 것이었다. 그리고 그는 느끼고 있었다. 자신과는 싸우는 것이 아니다.

그래봐야 자신이지 않는가? 자신과 싸울 필요 없이 스스로 즐긴다면 오히려 더 많은 것을 얻을 수 있다는 점을 느끼고 있었다.

그렇게 젠슨은 한 단계 더 성숙할 수 있었다. 2세대 라이칸에서 1.5 세대 정도 되는 라이칸으로 말이다.

스스로를 인정함으로서 성장할 수 없다던 고정 관념을 완벽히 깨고 스스로 성장한 젠슨이었다. 물론, 그것은 그만큼 그가 재능과 함께 유연성이 있기 때문에 가능한 일이었다.

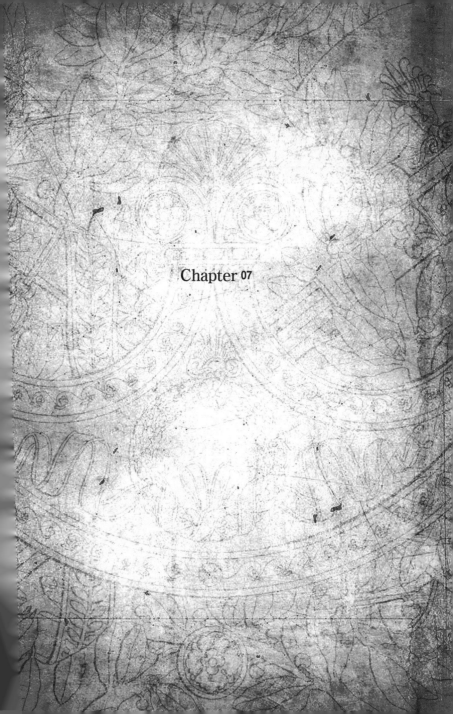

Chapter 07

"이대로 보고 계실 참입니까?"

노년의 한 기사가 자신의 앞에 무심하게 앉아 있는 중년의 귀족에게 입을 열었다. 노기사의 물음에 업무 처리에 열중하고 있던 중년 귀족이 고개를 들어 노기사를 바라보았다.

"제가 그리해야 한다고 생각하는 겁니까?"

"당연하지 않겠습니다. 새로운 영주이고 새로운 군주입니다. 마중 나가야 하는 것은 당연합니다. 게다가 과거의 인연까지 겹친다면 말입니다."

"……"

노기사의 열변에 중년 귀족은 아무런 말도 없이 빤히 노기사를 바라보았다. 열변을 토하는 노기사에 비해 지극히 냉정하며 무표정한 얼굴을 한 중년 귀족이었다.

그리고 마침내 업무 철에서 손을 떼고 몸을 뒤로 젖혔다. 노기사는 그 모양을 그저 바라보기만 했다.

"과거의 인연이라……. 그런 것이 있기나 한 것인가요?"

"아니, 그게 무슨……?"

"삼십 년입니다. 그해로부터 삼십 년이 지나 열두 살의 어린아이는 벌써 마흔두 살이 되었습니다. 그동안 수많은 역경을 이겨냈습니다. 뿔뿔이 흩어졌던 가족들을 모으고, 나락으로 떨어졌던 가문을 다시 일으켜 세우기 위해서 하루 세 시간 이상 자본 적이 없습니다."

"……."

중년 귀족의 말에 노기사는 입을 닫고 침묵했다. 어찌 모를까. 그의 곁에서 평생 동안 호위 기사를 자처하며 살아온 삶일진대 말이다. 중년 귀족의 말에 잠깐이나마 과거를 회상하는 듯 노기사의 얼굴은 짧은 아픔이 스쳐 지나갔다.

그때 의자에 몸을 깊숙이 묻었던 중년 귀족이 일어나 창가 쪽으로 다가가 뒷짐을 졌다. 그 모습은 마치 화창하고 나른한 봄날의 오후를 감상하는 듯 보였다.

"정의라는 말이 있고, 기사도라는 말이 있었습니다. 하지만 삼십 년 전 정의는 나약한 자의 항변이었고, 기사도는 힘 없는 자의 발악이 되었습니다. 정의와 기사도를 외치며 패트리아스 백작 가문을 옹호하던 가문들은 모두 멸문 당했습니다."

"……."

여전히 침중하게 굳어진 얼굴을 하는 노기사였다. 노기사의 얼굴에는 안타까움이 흘렀다. 이미 중년 귀족이 무슨 말을 하려는지 짐작하고 있다는 듯이 말이다.

"절대의 권력. 무소불위의 힘 앞에 정의와 기사도는 땅에 떨어지고 짓밟혔습니다. 귀족들이 권리와 의무라는 노블리스 오블리주는 막강한 힘에 눌려 땅속 깊숙이 스며들었지요."

담담하게 말을 하고는 있으나 그 말을 하는 중년 귀족의 목소리는 조금씩 갈라지고 있었다. 그의 목소리는 지금 분노를 뿜어내고 있었다. 창밖을 바라보고 있던 중년 귀족이 몸을 돌려 노기사를 바라보았다.

"아버지는 그것을 몰랐던 것입니다. 인간이 세상을 지배한 것은 지독스러운 이성 때문이지만, 또한 그 지독스러운 이성이 마비되었을 때 인간이 어떻게 변해 간다는 것을 말입니다."

중년 귀족의 눈에서 시퍼런 안광이 터져 나왔다. 그리고 그의 입술은 조금씩 일그러지기 시작했고, 냉정하리만치 침착했던 그의 목소리는 조금씩 열기를 더해가고 있었다.

"힘에 취한 인간이 어떻게 변해 가는지, 또한 힘이 없는 인간은 어떻게 목숨을 연명하는지, 인간이 얼마나 간사해질 수 있는지. 아버지는 모르고 계셨던 것입니다."

"…압니다. 하나, 주군께서는 여전히 데이비드 캠프 백작의 장자인 맷 캠프 남작이십니다. 또한 캠프 백작 가문은 패트리아스 백작 가문의 영원한 친우. 그것은 결코 달라질 수 없는 사실입니다."

"……."

고지식한 노기사의 말에 캠프 남작이 눈이 사납게 변해갔다. 마치 자기 마음대로 안 되니 떼를 부리는 어린아이처럼 말이다. 그러던 캠프 남작은 불현듯 깊게 숨을 들이마시더니 다시 내뱉었다.

스스로를 진정시키고 있는 것이었다. 실로 놀라울 정도의 자제력이라 할 수 있었다. 깊은 숨을 내쉰 캠프 남작은 더 이상 말할 필요 없다는 듯이 다시 신형을 돌려세웠다.

"그가 살아남는다면 가능할 것입니다. 그가 나를 친구와 같이 대하든 아니면 아랫사람으로 대하든 상관없습니다. 약하다면 도태되는 것입니다."

"하지만……."

"그만! 무슨 말인지 알겠으나, 지금까지 그래왔던 것처럼 본 작을 믿어주시기 바랍니다. 결코 가문에 해가 되는 일은 없을 것입니다."

"알겠습니다. 하고, 국왕 전하께옵서 기사 스무 명과 병사 오백을 보내왔습니다."

노기사의 말에 아무 말이 없는 캠프 남작이었다. 잠시 생각에 잠긴 것이었다. 부임하는 백작과 같이 기사와 병력을 보내지 않고 따로 보냈다는 것에 대한 의미를 생각하고 있는 것이리라.

'여우 같은 국왕이다. 지금의 이 순간에도 그는 정치적인 이해가 깔린 행동을 하고 있으니 말이다.'

캠프 남작은 그 말을 듣고 헛웃음이 났다. 원래 공문상으로 내려오길 이백의 기사와 2천의 병력이었다. 그런데 고작 스무 명의 기사와 오백의 병사란다. 이것은 그냥 죽으라는 말과 다르지 않았다.

결론은 그것이었다. 기사와 병력을 보내는 것은 국왕으로서 대내외적으로 패트리아스 백작을 지지한다고 표명하는 것과 다르지 않았다. 그런데 중요한 것은 기사와 병력의 수다.

백작의 영지에 고작 스무 명의 기사와 오백의 병사다. 이것은 무엇을 의미하는 것일까. 너무나도 적은 지원이지 않은가 말이다.

그리고 패트리아스 백작 가문을 복권시켰다고 해도 그 영지를 과거 코마롬 자작 영지에 조금 더 살을 붙여 구걸하는 거지에게 던지듯 던져 놓은 국왕이었다.

"국왕은 패트리아스 백작을 그 정도로 생각하는군."

캠프 남작은 국왕의 심사를 꿰뚫어 볼 수 있었다. 너무나도 티가 나는 대우였기 때문이다. 원래대로 복권이라 하면 삼십 년 전 잃었던 영지를 주어야 할 것이나 과거 백작 가문의 가신으로 있던 가문의 영지를 주었다.

그것도 과거의 잔재에 대하여 상당히 강경한 입장을 취하고 있는 곳을 말이다. 이것은 확실했다. 그냥 버리는 패다. 조금 더 버텨주면 고마운 것이고, 아니면 마는 그런 버리는 패 말이다.

간사하기가 귀족들보다 더한 코린 왕국의 국왕을 캠프 남작은 결코 국왕 전하라 말하지 않았다. 그의 입장에서 국왕은 원수의 자식이나 다름없었으니 말이다. 다만, 자신이 힘이 없어 그저 그 그늘 아래에 머물고 있을 뿐.

그래서 힘이 필요했다. 힘에 눌려 원수의 그늘에서 벗어나고 싶어서 말이다. 그리고 그 원수의 힘보다 더욱더 강력한 힘을 파괴하기 위해서는 지금보다 수백 수천 배 강한 힘이 필요했다.

하지만 자신 혼자서는 그 힘을 갖추기에는 요원했다. 그래서 두 번 다시 보지 않을 것이라 생각했던 과거 아버지의 친구를 기다렸다. 그런데 아버지의 친구가 아닌 아버지의 친구의 아들이 살아 돌아왔다.

왕궁에서 귀족파에 속한 귀족들과 기사들을 아주 제대로 상대해 주면서 화려하게 복귀했다. 그리고 그러한 그가 자신이 그동안 안정시켜 놓은 영지를 집어삼키려고 오고 있었다.

'네가 자격이 있다면 기꺼이 영지를 바치고 너의 밑으로 들어가마.'

캠프 남작은 그렇게 자신의 생각을 정리하며 어금니를 깨물었다. 가문을 위해서라면 혹은 국왕이나 헤밀턴 공작 가문을 쓰러뜨리기 위해서라면 이보다 더한 일도 할 수 있었으니까.

"그들을 받아들이고, 휘하에 두어 앞날을 대비하십시오."

캠프 남작의 말에 노기사의 얼굴이 미미하게 바뀌었다. 기뻐하고 있는 것이었다. 전혀 가능하지 않을 것 같던 자신의 주군의 생각을 바꾼 것이었다.

"하나, 그가 살아오기까지 어떤 도움도 주지 않을 것입니다. 그가 살아오지 못한다면 그것은 지금의 이 난국을 헤쳐 나갈 힘이 없음을 의미하니까요."

이것은 캠프 남작이 더 이상 물러서지 않겠다는 마지막 노선과 같은 것이었다. 그것까지 어쩔 수 없을 것이었다. 노기사는 가슴에 손을 얹고 기사의 예를 올리며 물러났다.

"모든 것은 주군의 뜻대로."

노기사의 충심이 깃든 음성이 캠프 남작의 귓가에 맴돌았다. 그는 여전히 봄날이 화창한 하늘을 말없이 바라볼 뿐이었다.

*　　*　　*

다시 제논의 일행은 다섯 명으로 늘었다. 원래의 인원보다 한 명이 더 늘었다. 늘어난 한 명은 바로 젠슨이었다. 스웬슨과의 결투를 마치고 돌아온 젠슨은 눈에 띄도록 차분해졌다.

그 전에는 어딘가 모르게 불안전해 보이고, 폭급해 보이던 모습이었다. 불씨를 당기면 그대로 폭발해 버릴 것처럼 보이던 젠슨이었지만, 지금은 어딘가 모르게 진중해 보였다.

제논은 그가 스웬슨과의 결투에서 성장했음을 느꼈다. 좋은 일이었다. 아군이 성장했으니 이보다 좋을 수는 없는 것이니까. 특히 지금과 같이 한 명이라도 아쉬운 판국이라면 더욱더 그러할 것이다.

지금 제논은 느긋하게 영주 성으로 향하고 있었다. 그가 느긋하게 영주 성으로 향하는 이유는 바로 영지로 받은 영지 내부의 움직임이 심상찮았기 때문이다.

국왕이 선처해 준 3년간 영지전 금지는 확실히 대단히 많은 힘이 되기는 했다. 하지만 적은 영지 외부에서 움직이는 것이 아니라 영지 내부에서 움직이고 있었다.

적들은 이미 세력을 갖추고 있었으며, 자신이 영주 성에 도착하기만을 기다리고 있었다. 제논이 영주 성에 도착하자마자 그들은 그동안 모아 놓은 세력으로 영주를 제거해 버릴 작정을 하고 있었으니 말이다.

그것을 알게 된 것은 바로 아리엘 남작 덕분이었다. 그는 블랙 맘바의 2인자답게 정보와 정세를 분석하는 모습이 무척이나 뛰어났다. 그는 반란을 주도하는 세력의 중심으로 뛰어들기 전 제논에게 현재의 상황을 상세하게 설명했다.

그리고 제논은 현재의 상황을 인식하지 못할 만큼 어리석지 않았다. 그러하기에 처음에는 그저 전체적인 상황을 파악하기 위해 단출하게 출발해서 여유 있는 걸음을 옮겼으나 지금은 의도적으로 발걸음을 늦추고 있었다.

제논의 지금 심정은 상당히 복잡했다. 또한 돌아가는 사정 역시 복잡했다. 마치 거대한 벽이 앞을 가로막는 것 같았다. 하지만 결코 물러설 수 없었다. 사방이 탁 트인 곳에 실오라기 하나 없이 내던져진 것 같은 느낌이 들었다.

하나, 그런 상황임에도 제논의 얼굴에는 예의 작은 미소가 걸려 있었다. 재미있어서였다. 처음 자신이 혼자만의 세계를 등지고 자신을 부르는 이 세계로 나왔을 때 제논은 기실 자신만만했다.

자만은 아니었다. 자신이 가진 힘은 이 세상 그 누구도 가지지 못한 힘이었다. 아주 미약할 적의 힘만으로도 오우거를 수월하게 잡을 정도로 말이다. 그런데 지금은 미약하지 않았다.

강했다. 전설의 드래곤이 현신한다 하여도 결코 뒤지지 않을 정도로 강했다. 하지만 그것은 그저 제논 혼자만의 강함이었다. 한 손으로 열 손을 당할 수 없다는 사실은 만고의 진리라 할 수 있었다.

요즘 들어서 그것을 절실히 깨닫고 있는 제논이었다. 상대는 세력을 형성하고 있었다. 그것도 아주 견고한 세력을 말이다. 그리고 그 세력을 지탱해 주는 금력과 권력을 한꺼번에 쥐고 있었다.

개인적인 무력에 있어서 자신을 뛰어넘을 수 없으나 제논 혼자의 힘으로는 그들을 어찌해 볼 수 없었다. 그래서 관심을 가진 것이 바로 세력이었다. 자신은 두 개의 세력을 가지고 있었다.

하나는 아이작스 백작과 크레센트 자작의 귀족 세력. 그리고 또 하나는 달의 일족을 이끄는 안토노프의 세력. 그렇게 둘이었다. 하나, 이제 그 세력은 다시 몇 개가 더 불어날 것이었다.

물론, 자신이 생각하는 세력이 온전히 자신의 세력이 될지는 의문이라 할 수 있었다. 하나의 세력은 무려 30년이나 된 오래된 세력이었고, 또 하나의 세력은 자신을 상당히 배척하고 있음을 알고 있기 때문이었다.

그래도 기다릴 수 있었다. 사실 라이칸 슬로프 300이면 병사 5천의 병력과 비슷한 전력이라 할 수 있었다. 또한 오러를 다루는 기사라면 3천 이상과 비슷한 전력을 가진다. 게다가 자신과 스웬슨은 정령을 다룬다.

그리고 또 한 명이 더 있다. 레드 드래곤 카르베이너스를 전승한 클라렌스. 그녀는 6서클 이하의 마법은 시전어 없이 사용한다. 그야말로 재앙이라 할 수 있었다.

이 인원만 해도 영지 내부에서 영주를 제거하고자 하는 불순한 의도를 가진 영주들을 모조리 쓸어버릴 수 있는 전력이었다. 하지만 그다음은? 자신들이 전력을 노출한 상태에서 오브레임 후작이나 헤밀턴 공작 가문이 국왕의 명을 무시하고 자신을 죽이려 한다면?

결국 도망가거나 도망가지 못하면 죽을 것이다. 전설을 이야기하는 책에서도 아무리 강대한 힘을 가진 드래곤이라 할지라도, 마계를 좌지우지하는 마계의 마왕이라 할지라도 결국 중과부적이었다.

그들은 사라졌고, 인간은 살아남았다. 그들은 홀로 절대무적이라 할 정도로 강했지만, 결국 사라지고 이제는 전설을 이야기하는 책에서도 한쪽 귀퉁이를 간신히 차지할 정도이다.

밤의 일족은 그것을 알고 있었을 것이다. 알고 있기에 완벽한 키메라를 탄생시키기 위해 위험한 실험을 계속했을 것이다. 그리고 완벽한 키메라가 탄생하자 실험의 증거를 지웠을 것이다.

인간이라는 존재는 각자 흩어져 있을 때는 그야말로 약하디약한 존재였다. 맹수처럼 날카로운 이빨도 없었으며, 몬스터처럼 강력한 힘이나 피의 재생 역시 없었다.

하나, 그러한 그들이 모였을 때는 대륙의 역사를 바꾸고, 그 누구도 상상하지 못할 문명을 이끌어 내었다. 그리고 최후까지 살아남은 유일한 지성체가 되었다.

'하나, 역설적이게도 지금에 이르러서 그러한 최후의 승자가 스스로를 죽이고 있지. 이제는 더 이상 잡아먹을 것이 없어 스스로를 잡아먹기 시작하고 있으며, 살아남은 유사 인류는 인간의 그러한 틈을 교묘하게 파고들어 자신들만의 영역을 구축하고 있지.'

제논의 생각은 정확했다. 인간은 스스로 파멸을 향해 달려가고 있었다. 그리고 그 파멸을 재촉하는 것은 인간의 틈바구니 속에서 신분을 속이며 살아가고 있는 유사 인류의 교묘한 이간질이었다.

인간은 어리석지 않으나 또한 어리석었다. 그들은 지금 기고만장하여 세상의 모든 것을 자신들의 선택으로만 이루어낼 수 있다 믿었다. 하나, 세상은 그렇게 단순하지 않았다.

지금 이 순간 자신의 목숨을 노리는 이들 역시 그 범주에서 절대 벗어날 수 없음이었다. 제논이 자리에서 일어났다. 그러자 잠시 휴식을 취하고 있던 일행 역시 자리를 털고 일어났다.

"모두 제거하고 영주 성으로 전속 전진한다."

결정을 내렸다. 더 이상 망설일 이유가 없었다. 지금의 상황에 있어서 제논이 취할 수 있는 방법은 저들이 생각할 수도 없는 속도로 그들이 기선을 제압하는 것이 더 옳았다.

"출발!"

그 소리와 함께 제논과 그 일행은 앞으로 빠르게 튕겨 나갔다. 그들이 급작스럽게 움직이자 조용하던 공간이 갑작스럽게 부산한 느낌이 들었다.

그리고 그들이 지나가는 곳마다 나무에서 혹은 흙에서 혹은 바위에서 붉은 피가 배어나오고 있었다. 비명은 없었다. 오직 죽음만이 있을 뿐.

그렇게 제논과 그 일행은 적어도 일주일은 걸릴 거리를 오일을 당겨 단 이틀 만에 영주성에 도달해 버렸다. 지금 그들은 영주성의 성문 앞에 있었다. 하지만 상황은 썩 좋지 못했다.

이렇게 일찍 제논의 일행이 도착할 줄 몰랐던 성문 경비는 그 사실을 확인하기 위해 영주관으로 사람을 보낼 수밖에 없었기 때문이다. 하지만 제논은 기다려 줬다.

물론 이것은 말도 안 되는 상황이었다. 영지를 다스릴 영주가 왔건만 그 영주를 대기하도록 하고 영주관에 사람을 보내 자초지종을 알아본다? 말도 안 되는 수작임을 제논은 알고 있었다.

하지만 그대로 두었다. 기다렸다. 대리 영주가 나타날 때까지. 대리 영주는 무려 한 시간이라는 시간이 지난 뒤에야 나타났다. 그의 뒤에는 여지없이 기사들이 따라오고 있었다.

어디 전쟁이나 나갈 듯이 완전 중무장을 하고 말이다. 제논의 입가에 진득한 미소가 피어올랐다. 상대의 의도를 아주 정확하게 꿰뚫을 수 있었다.

"아주 작정한 모양이우."

스웬슨이 히죽 웃으며 제논에게 말했다. 제논은 그 말에 고개를 끄덕였다. 그리고 자신을 향해 다가오고 있는 대리 영주를 바라보았다. 마침내 대리 영주가 제논의 앞에 섰다. 하나, 군주로서의 예는 없었다.

"지금의 상황을 내 자의적으로 해석해도 되겠나?"

제논의 말에 날카로운 웃음을 짓는 켐블 남작이었다. 너무 일찍 영주 성에 나타나 조금은 당황스러웠지만 그렇다 해도 자신의 시험이 완전히 끝이 난 것은 아니었다.

적어도 자신을 가신으로 거느리려면 그만한 능력이 되어야 했다. 어떻게 해서 이리도 빨리 그 인의 장벽을 넘어왔는지는 궁금하기는 했지만 그렇다고 놀랄 일도 아니었다.

인의 장벽이라 해봐야 다 거기서 거기 아니겠는가? 겨우 어쌔신 나부랭이에게 당할 자라면 일찌감치 목을 늘이는 것이 좋지 않겠는가? 그러한 생각을 읽은 제논의 입이 비틀렸다.

"스웬슨, 젠슨."

"말하시우."

"명을!"

스웬슨과 젠슨이 동시에 입을 열었다. 이미 그 둘은 지금의 상황에 처했을 때 모든 준비를 마치고 있었음이니 말해 무엇 할까?

"죽이지도 말 것이며, 부러뜨리거나 쓸모없게 하지도 말 것이다."

"것도 좋은 방법이우."

"마스터의 뜻대로."

제논의 하는 양을 지켜보던 이들은 코웃음 쳤다. 대체 무슨 자신감으로 그런 명령을 내렸는지 모를 지경이었다. 그 이유는 전투에 있어서 죽이는 것보다 살리는 것이 더 어렵고, 베거나 다치게 하는 것보다 온전하게 쓰러뜨리는 것이 더 어렵기 때문이었다.

적어도 실력에 있어서 하늘과 땅의 차이가 있지 않으면 말이다. 그런데 제논이라는 자는 아무런 표정도 없이 그렇게 말을 했고, 두 명의 사내는 또 그것을 당연하다는 듯이 받아들였다.

그러한 그들을 보고 비웃음을 날리고 있는 찰나의 순간이었다.

퍼걱!

성문을 들어가지 못하게 막고 있던 병사 두 명이 동시에 답답한 소리와 함께 몸이 붕 떠오르더니 뒤로 날아가고 있었다.

털썩!

그리고 병사가 땅에 떨어졌을 때는 이미 기절해 있었다. 말도 안 되는 상황이 연속적으로 일어나고 있었다.

"저……."

퍼걱!

또다시 답답한 소리가 들려왔다. 또 다른 병사였다. 그제야 정신을 차린 기사와 경비대장의 입에서 동시에 고함이 터져 나왔다.

"막아!"

기사들과 병사들이 득달같이 달려들었다. 스웬슨과 젠슨은 그들을 적당히 상대하려 했으나 그들을 향해 쇄도하는 기사들과 병사들은 적당하지 않았다. 그들의 눈은 이미 스웬슨과 젠슨을 적으로 규정하고 있었다.

제논의 무심한 시선이 켐프 남작에게로 향했다. 무표정하던 켐프 남작은 제논의 그런 시선을 받고는 움찔 몸을 떨었다. 제논의 눈빛은 말하고 있었다. 책임을 져야 할 것이라고 말이다.

그리고 너 또한 시험을 당해야 할 것이라고 말이다. 아무런 말도 없이 그저 눈빛만으로 자신의 의사를 충분히 전달할 수 있는 제논이었다. 켐프 남작의 얼굴이 일그러졌다.

자신이 생각했던 것보다 일이 커지고 있기 때문이었다. 단순히 상대의 역량을 알아볼 생각이었다. 그런데 기사들과 병사들은 그것을 곡해하고 있었다. 그들은 지금 자신에게 충성을 다하고 있었다.

그러하기에 자신에게 위협을 가하는 이들을 적으로 간주하는 것이었다. 하지만 그들을 멈추라고 할 수는 없었다. 그러하기에는 너무 멀리 돌아와 있었기 때문이다.

"크허억!"

잠깐의 시간 동안 기사들과 병사들이 모두 무력화되어 버렸다. 믿지 못할 현실이었다. 분명 두 눈을 똑바로 뜨고 있었건만 기사들과 병사들이 어떻게 당했는지 볼 수 없었다.

그저 '빠르다'와 '강하다'라는 생각이 들 뿐이었다. 켐블 남작이 멍하게 장내의 상황을 둘러보며 이해할 수 없다는 표정을 짓는 동안 제논이 켐블 남작에게 다가왔다.

그리고 입을 열었다.

"기회를 주겠다. 내일 오전 10시까지 전 병력을 완전 무장을 한 채로 대기시키도록 한다. 네가 날 시험했듯이 나 또한 너를 시험한다."

그 말을 남기고 켐블 남작 옆을 스쳐 지나가는 제논이었다. 제논은 켐블 남작에게 눈길조차 주지 않았다. 마치 아무런 존재도 아니라는 양 행동하는 제논이었다.

그러한 제논의 모습에 오히려 더 자존심이 상한 켐블 남작이었다. 나름 멋진 환영을 했건만 돌아온 것은 차가운 냉소뿐이었다. 게다가 자신조차도 이제 시험의 대상이 되었다.

언제나 자신은 시험을 하는 입장이었다. 물론, 자신보다 큰 힘을 가진 자에게는 시험을 당했으나, 그러함에도 자신은 은밀하게 그 힘을 시험했다. 상대가 전혀 모르도록 말이다.

모든 것은 자신의 손아귀에서 가지고 놀 수 있었다. 그런데 오늘 일은 솔직히 자신조차도 예상하지 못한 충성심이라는 변수가 생기는 바람에 이제는 노골적인 시험 대상이 되어버렸다.

그래도 나쁘지는 않았다. 자신의 주인이 되려면 이 정도는 해야 한다고 생각하니. 문제는 시험이었다. 내일 오전이면 지금부터 움직여도 절대 해낼 수 없는 시간이었다.

켐블 남작은 고민에 휩싸였다. 그러한 켐블 남작을 뒤로하고 제논은 여유 있게 말을 몰아 영주관을 향하고 있었다.

"가능할까요?"

"가능할 겁니다."

"......?"

클라렌스는 궁금한 얼굴로 제논을 바라보았다. 클라렌스가 조사한 바에 따르면 그는 힘을 추구하거나 혹은 권위에 휩싸일 인물이 아니었다. 자신의 자리를 충분히 돌볼 줄 아는 사람이었다.

지금까지 그가 걸어온 길을 보면 위험을 무릅쓰고 자신의 욕심을 관철시킬 그러한 강단 있는 사람이 아니었기 때문이다. 하지만 오늘 본 켐블 남작은 자신이 조사한 것과는 완전히 다른 모습을 보여주고 있었다.

마치 무언가에 홀린 듯 광기에 젖은 눈동자까지 보여주고 있는 켐블 남작이었다. 그것은 제논도 모를 리 없건만 제논은 그를 시험한다는 명목하에 내일 오전까지 출진 준비를 마치

라 하였다.

이해해 보려 했지만 도저히 납득이 가지 않은 상황에 클라렌스는 기어코 제논에게 물어본 것이었다. 앞뒤 자르고 묻는 클라렌스의 질문이었지만 제논의 그녀가 물어보는 내용을 충분히 알고 있었다.

"그는 강한 힘을 동경하고 있습니다."

"강한 힘을 동경하고 있기 때문에 패트리아스 백작을 시험한다는 것인가요?"

"그렇습니다."

"그게 무슨……."

그래도 이해가 가지 않았다. 강한 힘을 동경하는데 패트리아스 백작을 어찌 알고 그를 시험한단 말인가? 클라렌스는 더 이상 묻지 않았다. 스스로 고민을 했다.

그리고 답을 얻어내었다.

"두 번 다시 배신당하고 싶지 않은 것이로군요."

"아마도."

제논은 두루뭉술하게 대답했다. 제논이 켐블 남작이 아닌 이상 그의 진실한 마음을 어찌 알까? 하나, 자신과 같은 과거가 있고, 그 과거 속에서 헤어 나오기 위해 죽을 것 같은 자세로 살아왔다면 그를 조금이라도 이해할 수 있었다.

강해져야 하는데 강하지지 못한 자신의 한계를 절실하게

깨닫는, 그리고 더 높이 올라가야 하는데 더 높이 올라가지 못한 좌절감. 그러한 그가 할 수 있는 방법이란 곧 강한 자를 택하는 일밖에 없었으리라.

그는 스스로가 자신은 똑똑하다 생각하고 있을 것이다. 그럴 수도 있다. 그 누가 있어 반역에 관련되어 풍비박산 난 가문을 다시 일으켜 세우고, 다시 작위를 획득할 수 있단 말인가?

인정할 수 있었다. 하지만 허락할 수는 없었다.

'두고 보면 알겠지.'

그렇다. 내일 아침 10시가 되면 알 일이었다. 조급해할 필요는 없다. 못하면 쳐내면 되는 것이고, 해내면 그를 받아들이면 된다. 문제는 자신이 병력을 얼마나 동원하라는 말을 하지 않았다는 것이다.

그에 대한 재량을 켐블 남작에게 넘긴 것이었다. 그 준비된 병력과 상태를 보아 켐블 남작을 품을지 아니면 내칠지를 결정하면 되었다. 물론, 그가 그렇게 할지는 전혀 알 수 없는 일이다.

제논이 영주관에 도착했을 때 집사가 마중 나와 있었다. 나이가 지긋해 보이는 이로 상당히 노련해 보이는 자였다.

"제논 패트리아스 백작 각하를 뵙습니다. 집사장으로 있는 고든 베컴이라 합니다."

"반갑습니다. 집무실로 안내 부탁합니다."

제논의 말에 슬쩍 웃음 띠며 가볍게 안내를 위해 정중한 자세로 그를 안내하기 시작했다. 영주 성 내부는 상당히 고풍스러웠다. 집사장과 제논은 별다른 말을 하지 않았다.

다만 집무실을 향하던 회랑 가운데 하나의 초상화 앞에 제논이 멈춰 섰을 뿐이었다. 제논이 걸음을 멈추자 집사장 역시 걸음을 멈췄다. 하나, 그의 얼굴은 약간은 불안한 모습이었다.

"전대 코마롬 자작의 초상이로군요."

"그, 그렇습니다."

어렵게 집사장의 입이 열렸다. 코마롬 자작은 아직 복권이 되지 않았다. 그러함에도 불구하고 코마롬 자작의 초상을 집무실로 향하는 회랑의 중앙에 걸어놨다는 것은 어쩌면 대역죄에 버금가는 행동이라 할 수 있었다.

'설마… 기억하고 있는 것인가?'

집사장은 불안한 얼굴과는 다르게 약간은 상기된 표정이 되었다. 그 상기된 표정은 어떤 기대감의 표현이라 할 수 있었다.

"여기에 머무르신 지 오래되었습니까?"

제논은 결코 집사장에게 말을 낮추지 않았다. 아무리 그가 작위가 없고, 성을 가진 평민이라 하나 한 가문의 중심인 영주 성의 집사이다. 결코 귀족이라 할 수 없지만 그렇다 무시할 정도의 상대가 아니었음이었다.

"이 성에 머무른 지 어언 50년 다 되어 갑니다."

약간은 회한에 젖은 목소리가 제논의 귀에 들려왔다. 집사장의 시선은 제논에게 있지 않았고, 회한과 상념에 젖어 전대 코마롬 자작의 초상화에 꽂혀 있었다.

"살아 있었군요. 고든 아저씨……."

제논의 나지막한 말이었다. 그 목소리는 어찌나 작은지 바로 옆에 있던 이들조차도 제대로 듣지 못할 정도였다. 하나, 집사장은 정확하게 알아들을 수 있었다.

과거 자신을 고든 아저씨라 부른 사람은 딱 두 명이 있었다. 한 명은 코마롬 자작 가문의 대공자인 프라니우스 코마롬과 또 다른 한 명은 패트리아스 백작 가문의 대공자인 제논 패트리아스였다.

"…기억… 하시는 겁니까?"

기억하지 못할 것이라 생각했다. 그때 지금의 패트리아스 백작은 겨우 열 살에서 열세 살 사이에 일 년 중 한 번 정도 들렀을 뿐이니까 말이다. 그 이후로는 가문의 검과 아카데미를 다녀야 했기에 발길을 끊었으니까.

적어도 서른여섯에서 서른여덟 해 정도 지난 아주 오래된 기억이니, 그것도 잠깐 지나가거나 머물렀던 기억이 다인 패트리아스 백작이 기억한다는 것은 정말 힘드리라고 생각했다.

한데, 아니었다. 패트리아스 백작은 기억하고 있었다. 그저 멍하게 자신을 바라보고 있는 집사장을 바라보며 제논은 스쳐 지나가듯 말을 했다.

"그 순간은 나에게 있어서 가장 소중한 추억이었으니까요. 이미 돌아올 수 없는 강을 건넌 친구이기는 하나 그가 사랑했던 모두가 나에게는 소중한 존재이자 기억이며, 추억입니다. 그래서 잊을 수 없었습니다."

제논은 잊을 수 없었다. 자신의 되찾은 기억에 있어서 가장 포근하고 가장 그리워했던 기억이니까. 제논은 스스로의 기억을 되찾았을 때를 기억할 수 있었다.

온통 비명과 비릿한 피 내음. 원망 가득한 외침과 피에 절은 자신의 두 손에 대한 기억만이 가득했다. 그 와중에 그는 어린 시절을 기억해 낼 수 있었다. 어린 시절의 기억이 없었다면 어쩌면 제논은 스스로 무너져 내렸을지도 몰랐다.

너무나 가혹한 자신의 삶 때문에 말이다. 그 가혹한 삶 속에서 자신이 버틸 수 있었던 것 역시 어린 시절의 추억 때문이었다. 어쩌면 복수를 다짐한 것 역시 그 추억에 대한 보상일 수도 있을 것이다.

"…오랫동안 목이 메도록 기다리고 있었습니다. 제논 패트리아스 백작 각하!"

"그 기대, 절대 어긋나지 않을 겁니다. 다시 찾기 위해 여기에 서 있는 것이니 말입니다."

그렇게 말을 한 후 제논은 자신의 집무실 안으로 발걸음을 옮겼다. 집사장은 전대 코마롬 자작의 초상화 앞에 우두커니 서 있었다. 한없이 제논이 사라진 집무실을 바라보다 다시 시선을 돌려 코마롬 자작의 초상화 바라보았다.

"허허허! 나이가 들어선지 눈물이 흐르는군요. 패트리아스 백작 가문이 부활했습니다. 기대되지 않으십니까? 저는 기대됩니다. 저 젊은 패트라이스 백작 각하의 분노가 어디까지 미칠지 사뭇 기대됩니다. 물론, 제가 이런 생각을 해서는 안 되는 것은 알지만 그래도 기대되는 것을 어찌합니까? 그래서 조그마한 힘이라도 보태 드리고자 제 자식 놈에게 편지를 보내고자 합니다. 뭐라 하지는 마십시오."

집사장은 그렇게 코마롬 자작의 초상화를 바라보며 혼자 이런저런 말을 하고 있었다. 마치 대화를 하는 것처럼 말이다. 그리고 그의 자글자글한 주름이 진 눈가에는 맑고 투명한 무언가가 흘러내리고 있었다.

"이제 가보겠습니다. 언제가는 자작님의 초상화를 이렇게 홀대하지 않을 날이 올 것입니다. 그날이 되면 제가 자작님께 스스로 죄를 청하겠습니다. 왕국의 안위보다는 가문의 부활을 먼저 생각한 못난 이 늙은이의 목숨으로 말입니다."

그 말과 함께 집사장은 몸을 돌려 자신만의 공간으로 향했다. 집사가 아닌 집사장이기에 작지만 그만의 집무실이 있음은 분명하였다. 집사장은 자리에 앉자마자 즉시 고급스러워 보이는 종이를 꺼내 그 위에 먹물을 묻혀 글을 써나가기 시작했다.

아주 길고 긴 장문의 글이었다. 무려 한 시간 동안 쓰고 버리고를 반복하더니 마침내 완성하여 편지 봉투에 담고 자신의 인장을 눌러 봉인하였다. 그리고 자신의 책상 옆에 내려진 줄을 잡아 당겼다.

"부르셨습니까, 집사장님."

"이것을 헤르메스에게 전해주게. 지금으로."

"명을 따릅니다."

집사장의 편지를 조심스럽게 갈무리한 사내가 집무실의 문이 아닌 전혀 다른 창문을 열고 사라져 갔다. 그 모습을 물끄러미 바라보던 집사장이 이내 자리에서 일어났다.

"이제 화살은 활을 떠났다."

그렇게 말을 하며 자신의 집무실을 벗어나는 집사장이었다.

*　　　*　　　*

"아버지의 편지?"

"그렇습니다."

사내. 얼굴은 온통 덥수룩한 수염으로 가득했고, 짙은 눈썹과 부리부리 한 눈은 상대에게 상당한 위압감을 전해주고 있었다. 그의 이름은 헤르메스 베컴. 영주 성의 집사장인 고든 베컴의 아들이었다.

그리고 그는 브랜든 필립스 남작이 다스리고 있는 영지를 둘러싸고 있는 유콘과 에라마드 봉우리를 점령한 붉은 검 산적단의 단장이었다.

헤르메스 베컴은 오랜만에 연락을 취해온 자신의 부친이 전해온 편지의 봉인을 뜯고 찬찬히 읽어 내려가기 시작했다. 한 장이 아닌 여러 장의 편지인 만큼 시간도 꽤 잡아먹었다.

그리고 마침내 자신의 부친의 편지를 다 읽은 헤르메스 베컴은 편지를 책상 위에 올려놓은 뒤 잠시 눈을 감고 생각에 잠겼다. 비록 산적단의 단장을 하고 있으나 배움이 낮지 않은 그인지라 어리석지 않았다.

"조금 쉬고 있게."

"알겠습니다."

"나가는 김에 밖에 누가 있으면 한 명 들여보내고."

"알겠습니다."

한 명의 사내가 베컴의 집무실을 벗어났다. 산적단의 산채이지만 여느 산적들처럼 패악한 행동을 하지 않고, 귀족이나 혹은 영지민이 고혈을 짜내는 영지관들이나 또는 부유한 상인들을 대상으로 해서 의적이라는 소리를 듣고 있는 붉은 검 산적단이었다.

그러한 만큼 산채의 규모 역시 상당히 컸고, 그 가진 바 구조와 체계가 여느 일반 귀족들의 성과 다르지 않음에 마치 하나의 병영을 보는 듯했다.

집무실의 문이 열리고 누군가 들어왔다. 몬스터의 가죽으로 만든 레더 메일을 걸치고 날카롭게 잘 벼려진 무기를 들고 있는 것이 집무실을 주변을 순찰하고 있던 산적일 성싶었다.

"가서 제이슨과 알레한드로 그리고 아비세일을 불러오도록 하게."

"알겠습니다."

붉은 검 산적단에는 산적단의 단장이 한 명이 있고, 그 밑으로 1천 명을 다루는 소두령 두 명이 있는데 그들이 바로 알레한드로 데아자와 아비세일 가르시아였다.

그리고 제이슨은 베컴 단장의 머리와 같은 존재로 과거 베컴과 같이 아카데미에서 더불어 배움의 길을 걷던 평민이었다. 그들은 베컴이 명을 전한 지 얼마 안 되어 바로 베컴의 집무실로 모여들었다.

"부르셨소!"

"어이고! 성님이 우릴 먼저 청하고. 내일은 해가 서쪽에서 뜨려나 보오."

"오랜만에 어디 불을 지를 데라도 있는가?"

겨우 세 명이었는데 그들은 아주 자유분방하여 마치 가까운 형님 댁에 들르는 동생들과 같은 모습이었다.

"썩을 놈들. 흰소리들 말고 어여 앉아."

"어따~ 뭐라도 내놓고 앉으라고 하소. 목구멍에 곰팡이 피것소."

베컴 단장 못지않게 우락부락한 인상에 삐죽삐죽 수염이 돋아난 이가 입을 열어 그를 타박했다.

"일 없다, 이놈아. 네놈 목구멍에 곰팡이는 좀 많이 피어도 돼."

"어허~ 이거 오늘따라 성님이 왜 이러실까? 뭐 안 좋은 일이라도 있소?"

덩치는 산만 한 놈이 눈치는 여우였다. 그에 베컴 단장은 자신의 책상에 놓여 있던 편지를 가장 우측에 앉은 자에게 주었다.

"아버님의 편지인가?"

"그러하네."

"오랜만에 편지를 주셨군. 한데, 나와 동생들까지 부른 것을 보니 그리 간단한 문제는 아닌가 보이."

"읽어보게. 읽고 난 후 저놈들에게도 나눠주고."

"그리하지."

편지를 받은 자, 제이슨은 자신의 친우인 헤르메스의 목소리에 신중함이 깃들어 있음을 알아챘다. 그래서 편지지에 시선을 두고 빠르게 읽어 내리기 시작했다.

그 와중에도 알레한드로와 아비세일은 장난치며 농지거리하기에 여념이 없었다. 자신이 불렀음에도 불구하고 전혀 거리낌 없는 둘의 철부지를 바라보는 아버지처럼 지켜보던 베컴 단장은 이내 고개를 절레절레 젓더니 한숨을 포옥 내쉬었다.

"어따~ 성님. 이 좋은 날 뭔 한숨이오."

"한숨을 그렇게 쉬어서 어디 땅이 꺼지기나 하겠소."

둘의 말에 짐짓 화가 난 척 핏대를 세우며 말을 하는 베컴 단장이었다.

"이놈들아, 네놈들은 천 명의 붉은 검을 이끄는 소두령이야. 채신머리없게 어찌하는 모양새가 그리도 난잡스러운 것이냐."

"어허~ 성님도 참. 제이슨 성님이 생각하고, 성님이 명을 하면 우리는 움직이는 거요. 움직이는 놈들이 생각을 하면 작전이 틀어지지 않겠소. 자고로 사공이 많으면 배가 산으로 가는 법 아니겠소."

"허어~ 그놈 뚫린 입이라고 말은 잘한다."

결국 두 손 두 발을 다 들어버린 베컴 단장이었다. 그 순간 제이슨은 마침내 자신이 읽던 서신을 다 읽었는지 잠시 침묵하더니 이내 자신의 옆에 있던 아비세일에게 넘겼다.

아비세일을 뭐 이런 걸 다 읽어보라고 하는지 하는 뚱한 얼굴로 서신을 받아들고 읽어 내려갔다. 처음의 뚱한 얼굴을 하던 모습은 서신을 읽어 내려가면 읽어 내려갈수록 점점 신중하게 변해갔다.

아비세일의 그러한 모습을 바라보던 알레한드로는 그제야 무슨 중요한 일이 생겼구나 하는 생각에 푹 퍼져 있던 몸을 일으켜 세워 조금은 긴장된 모습을 보였다.

그리고 아비세일이 서신을 다 읽고 다시 알레한드로에게 넘겼다. 알레한드로 역시 아비세일과 다르지 않은 표정이었다. 아니 알레한드로는 신중해지기보다는 오히려 재미있는 일이 생기지 않을까 하는 악동 같은 표정을 짓고 있었다.

"자네는 그가 누군지 아는가?"

알레한드로가 서신을 다 읽었음을 확인한 제이슨이 베컴 단장에게 물었다. 그에 베컴 단장은 고개를 끄덕였다.

"어렸을 적 간간히 보았네. 그는 백작 가문의 장손임에도 불구하고 나를 마치 어린 동생 대하듯 같이 다녔네. 돌아가신

프라니우스 코마롬 대공자와는 둘도 없는 사이였지."

베컴 단장은 자신의 어린 시절의 단편적인 기억을 하나 꺼내 들었다. 바로 프라니우스 코마롬과 제논 페트리아스 대공자와 함께 놀았던 자신을 말이다. 기실 베컴 단장은 그 둘보다 세 살 정도 어린 나이였다.

하나, 코마롬 대공자와 패트리아스 대공자는 그를 집사의 아들이라 하여 천대하지도 박대하지도 않았다. 아니 오히려 귀여운 동생이 생겼다면서 꼭 같이 어울려 다니며 놀곤 하였다.

"그가 돌아왔다고 하네. 코마롬 자작님을 기억하고 아버님을 기억한다고 하네."

"……."

제이슨은 베컴 단장의 심정을 듣고 싶었다. 회상에 젖어 있던 베컴 단장은 잠시 말을 잊었다. 그러한 모습에 알레한드로가 퉁명스럽게 말을 했다.

"성님, 무슨 생각할 것이 있소. 당장 가야 하지 않겠소. 아버님도 그리하지 않았소. 그를 돕고 싶다고 말이오."

이들은 모두 아버지가 없다. 어머니도 없다. 그래서 베컴 단장의 아버지를 자신들의 아버지인양 대했다.

"신중해야 하지 않겠수. 돌아왔다고 해서 성공하라는 법은 없지 않겠수. 그리고 결정적으로 그가 변하지 않으리란 법이 없지 않수."

그래도 조금은 신중한 아비세일이 알레한드로의 주장에 반박하고 나섰다. 그에 베컴 단장의 시선은 제이슨에게로 향했다. 그의 시선을 받은 제이슨은 무겁게 입을 열었다.

"이미 아버님의 생각은 굳히셨네. 또한, 들려오는 소문에 따르면 그는 이미 어느 정도 준비하고 있는 것으로 보이더군. 그리고 가장 중요한 것은 우리는 아직 코마롬 자작 가문을 잊지 않고 있다는 것이지."

제이슨의 마지막 말에 비로소 베컴 단장의 얼굴이 펴지면서 그의 입가에 잔잔한 미소가 걸렸다. 자신이 듣고 싶었던 말이었다.

"그렇지. 난 이미 산채 식구들 모두에게 말했듯이 코마롬 자작 가문의 부흥을 위해서 이곳에 자리를 잡았고, 그것이 여의치 않는다면 반드시 코마롬 자작의 복수를 하길 원했지."

"그렇다면 무엇을 망설이는가? 대장부가 칼을 뽑았으면 크게 휘둘러 호탕한 웃음을 지어야 하지 않겠는가?"

"므허허허, 역시 제이슨 성님이요. 그렇지 않냐?"

제이슨의 말에 알레한드로는 아비세일의 옆구리를 팔꿈치로 툭툭 치며 말을 했다. 그러한 알레하드로의 모습에 베컴이 미소를 지었다.

"붉은 피의 크리스와 붉은 방패의 알렉스에게 전하게. 나는 영주 성으로 간다고 말이지. 또한 산채에 전하도록 해. 전쟁을 준비하라고."

베컴 단장의 말에 제이슨과 알레한드로 그리고 아비세일은 자리를 박차고 일어나 크게 예를 표하고 집무실을 벗어났다. 그들의 얼굴은 무언가 가득 흥분이 넘쳐 나고 있었다.

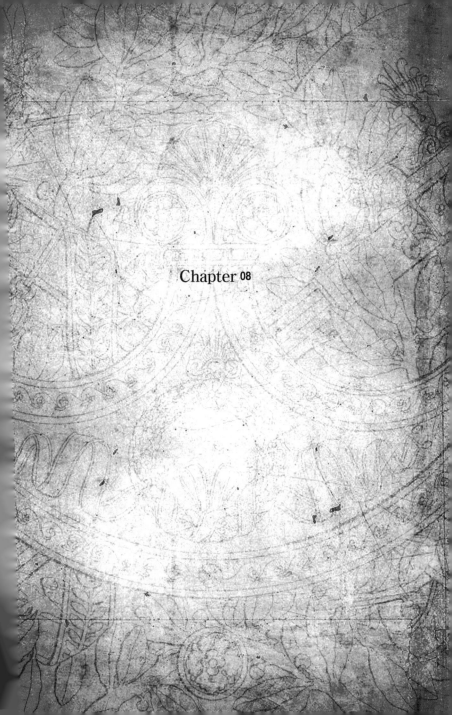

Chapter 08

"사열 준비되었습니다."

"가지!"

캠프 남작의 말에 제논은 그를 쳐다보지도 않고 입을 열어 앞장섰다. 묘한 긴장감이 흐르는 두 사람의 관계였다. 클라렌스는 그들의 묘한 신경전을 바라보며 슬쩍 미소를 떠올렸다.

왠지 그동안 사람 같지 않았던 제논의 모습이 이제는 사람처럼 보이며 자신의 눈을 통하여 가슴속에 들어왔기 때문이었다. 기꺼운 변화였다. 하나, 그것은 제삼자의 입장에서 보는 눈일 뿐이었다.

실제 두 사람은 상당한 신경전을 벌이고 있었다. 영주가 없는 왕국 소유의 영지를 무려 5년 가까이 다스려온 캠프 남작과 전혀 아무런 기반도 없이 국왕의 임명으로 영주 성에 당도한 제논 패트리아스 백작.

제논 패트리아스 백작은 굴러온 돌이었고, 캠프 남작은 박혀 있던 돌이었는데 단 한순간에 굴러온 돌이 박힌 돌을 뽑아내고 주인 행세하려 하니 결코 좋은 시선으로 바라볼 수 없는 입장이 된 캠프 남작이었다.

그것은 캠프 남작뿐만 아니었다. 지금까지 캠프 남작의 휘하에서 하나의 유기체처럼 움직여 왔던 행정관들 역시 마찬가지였다. 국왕의 명이기에 당연히 받들어야 했지만 그들 나름대로는 신임 영주에 대하여 텃세를 부리고 있었다.

별것도 아닌 텃세였으나 그들에게 있어서 상당히 중요한 실력 행사였다. 앞으로 어떻게 될지는 모르겠으나 자신들의 영향력을 키울 수 있는 절호의 기회였으니 말이다.

하지만 그러한 텃세도 사실은 대상을 보아가며 부려야 할 것이었다. 그리고 패트리아스 백작 영지가 된 포가튼 코마롬의 영지관들과 캠프 남작은 제논에 대해 제대로 된 정보를 가지고 있었다.

아니, 제대로 된 정보가 전해지기는 했으나 애써 외면하고 있다고 하는 편이 맞을 것이다. 그들은 두려웠던 것이다. 자신들의 쥐꼬리만 한 권력을 잃어버릴까 말이다. 그 가슴 깊숙한 곳에 자리한 두려움은 결국 그들에게 무모한 선택을 하도록 만들었다.

제논이 기사들의 연무장 위에 마련된 사열대 앞에 섰다. 하지만 누구 하나 제논을 바라보며 예를 취하는 사람은 없었다. 몇몇 기사들은 여전히 헬름을 옆구리에 끼고 농담을 하고 있었고, 병사들은 오와 열을 제대로 맞추지 않은 상태로 편한 모습을 하고 있었다.

그들을 바라보는 제논의 입가에 싸늘한 미소가 떠올랐다. 우측 반보 뒤에서 제논을 안내하던 캠프 남작은 그 싸늘한 미소를 보지 못했다. 하지만 제논을 예의 주시하고 있던 클라렌스는 나직하게 한숨을 내쉬었다.

저들은 지금 건드리지 말아야 할 사람을 건드리고 있었던 것이다. 되지도 않는 텃세를 부리면서 말이다.

아니다 다를까. 클라렌스가 생각했던 일이 그대로 벌어지기 시작했다. 흐트러진 사열 모습을 본 제논은 캠프 남작에게 한마디만 전하고 왔던 길을 돌아갔다.

"다시! 오후 네 시에 다시 사열한다!"

"그······."

캠프 남작이 말을 붙여보기도 전에 이미 제논의 신형은 저만큼 앞서 나가고 있었다. 순간 그를 다시 부르려던 캠프 남작의 얼굴이 보기 좋게 일그러졌다. 그리고 그의 주변으로 영주성의 행정관들이 모여들었다.

그에게 다가온 이들은 딱딱한 얼굴을 가장하고는 있지만 입가에는 알 듯 모를 듯 미소를 띠고 있었다. 바로 승리의 미소를 말이다. 하지만 캠프 남작은 달랐다. 이것은 승리가 아니라 패배로 받아들여야만 했다.

"쯧, 힘들게 준비했건만 보지도 않고 그냥 가버리다니."

기사단장인 월 벤슨 경이 상당히 못마땅하다는 듯이 말을 했다. 그러면서도 그의 얼굴에는 여전히 미소가 떠올라 있었다.

"상황이 결코 자신이 생각하는 방향으로 흐르지 않고 있음을 아는 것이지요."

"한데, 대리 영주께서는 어찌 그리 인상을 쓰고 있는 것인지요."

군무관인 알렉스 리오스가 벤슨 경의 말을 받았고, 작은 승리를 거두었음에도 불구하고 여전히 안색이 좋지 못한 캠프 남작을 본 영지 행정관 스티브 해롤드가 캠프 남작에게 물었다.

"모르겠소이까?"

"에?"

"무엇을……."

캠프 남작이 말에 무슨 영문인지 모르겠다는 듯이 의아한 얼굴을 하며 다섯 명의 인물이 그를 바라보았다.

"오늘은 우리가 승리한 것이 아니라 우리가 패배한 것을 말이오."

"어찌 그런……"

말도 안 된다는 듯이 입을 열려던 제이콥 홈스키 부기사단장이었다. 하지만 캠프 남작의 시선이 자신에게로 향하자 입을 다물 수밖에 없었다. 캠프 남작의 시선은 한심하다는 표현이 묻어나 있었기 때문이었다.

"크음, 큼. 이해할 수가 없습니다. 패트리아스 백작은 자신을 받아들이지 못한 우리를 보고 돌아간 것입니다. 하면, 그는 반드시 그에 대한 대책을 세울 것이 아니겠습니까?"

"맞습니다. 우리의 의견이 전해진 것이 아니겠습니까? 오후 네 시 역시 이대로 가면 될 것입니다. 밀어붙일 때는 정신없이 밀어붙여야 합니다."

기사단장인 벤슨 경의 말에 이어 징세관인 제이크 피비 역시 찬동하고 나섰다. 그에 캠프 남작은 고개를 가로저어 버렸다. 방금 전의 패트리아스 백작의 행동을 보면 분명 자신들이 승리했다.

하나, 가슴속에 싸늘하게 남는 이 기분 나쁜 느낌은 대체 무엇인지 모르겠다. 자신은 그를 시험하려 했으나, 그는 이미 자신의 그런 생각을 완벽하게 파악하고 있었다.

그는 주눅 들지 않았다. 어려워하지도 않았다. 그의 태도는 너희쯤 있어도 좋고 없어도 좋다는 그런 표정이었다.

"어쩌면… 그는 우리에게 기회를 주고 있는 것일지도 모르오."

"기회라 함은…….

"기회? 무슨 기회 말이오. 기회는 우리가 주는 것이 아니겠소? 아닌 말로 지난 몇 년간 국왕의 영지로 있으며 어디 제대로 지원이라도 받은 적 있었소? 우리 모두가 힘을 모아 여기까지 영지를 만들어 놓은 것 아니겠소? 그렇다면 그 노고를 치하함에 당연히 패트리어스 백작이 영주로 부임하는 것이 아닌 남작께서 영주의 자리에 앉는 것이 타당하지 않습니까?"

스티브 해롤드 영지 행정관의 입에서 마치 불을 뿜듯이 내뿜는 언사에 모두들 고개를 끄덕이며 격하게 공감하고 있었다. 아닌 말로, 왔으면 자신들을 불러 조촐하게나마 상견례라도 하고, 혹은 연회라도 해야 할 것 아니겠는가?

그런데 오자마자 사열을 하겠단다. 전쟁을 준비하라고 한다. 그것이 어디 가당키나 한 말인가? 제대로 지원조차 되지 않은 국왕의 영지를 이만큼 유지하는 것만으로도 대단한 일이었다.

하지만 그렇다 해도 트리아스 자작이나 벨트란 남작 그리고 필립스 남작의 정규군과 전투를 치르는 것은 가당치도 않았다. 겨우 병력이라 봐야 자경대와 경비대 그리고 상설 병력까지 모두 해서 5천 내외이니 말이다.

"그가 이렇게 정면으로 치고 나올 때는 그만한 준비가 있기 때문이 아니겠소?"

캠프 남작은 자신의 생각을 말했다. 하나, 캠프 남작과 같은 생각을 하는 이들은 드물었다. 아니 없었다.

"준비? 무슨 준비 말입니까? 패트리아스 백작 가문이 복권되었다 해도 이미 30년 전의 패트리아스 백작 가문입니다. 그때의 사건은 모르는 이는 아무도 없을 것입니다. 싹 몰살당했습니다. 어떻게 살아났는지는 모르지만 그에게 과연 그러한 남은 힘이 남아 있다고 볼 수는 없습니다. 그런 힘이 남아 있었다면 이미 오래전에 복권했겠지요."

기사단장인 벤슨 경이 입에 거품을 물면서 열변을 토했다. 그의 입가에는 비열한 웃음이 감돌고 있었다. 캠블 남작은 그를 바라보았다. 그리고 군무관과 징세관과 영지 행정관과 부기사단장을 차례로 훑어보았다.

자신은 이들과 5년을 같이했다. 길다면 길겠으나 짧다면 짧은 기간이었다. 하지만 자신은 이들을 휘어잡지 못했다. 다만, 이들과 타협했을 뿐이었다. 이들은 이 포가튼 코마롬에서 작게는 십 년, 길게는 이십 년을 관리로 지내온 사람들이니까.

'내 선택이 잘못되었던 것인가?'

캠프 남작의 시선이 자신의 호위 기사인 프리드먼 경을 바라보았다. 프리드먼 경은 처음 이곳에 왔을 때 이들과 타협하지 않는 방안을 강력하게 주장했던 유일한 자신의 가신이었다.

하지만 그러하기는 자신의 힘이 너무 미약하다는 것을 알기에 결국 그의 주장을 무시하고 이들과 적당한 타협하는 방향으로 지금까지 지내왔다. 물론, 그러는 동안 캠프 남작 역시 상당한 세력을 구축할 수 있었다.

일단은 지난 5년 동안 아니 다시 남작의 위에 오른 이후 줄곧 시행해 온 자신만의 사병과 기사들의 질이나 양적인 면에서 상당히 늘었다. 자신만의 사병이 무려 3천에 이르고 기사들은 120명에 이르렀다.

사병과 기사들을 은밀하게 키울 수 있었던 것은 역시 캠프 남작이 이들과 적당히 타협하면서 그들이 적당히 재물을 착복하는 수준으로 자신 역시 그것을 눈감아 주고 적당히 착복할 수 있었기 때문이었다.

"어쨌든 오후 네 시에 다시 사열 준비를 하라고 합니다. 그때 보십시다."

"그럽시다."

캠프 남작의 말에 리오스 군무관이 시원스럽게 말을 받았다. 그들은 캠프 남작에게 극존칭이나 행정 관료로서 주군을 모시듯 행동하지 않았다. 어찌 보면 자신들은 굴러온 돌인 캠프 남작보다 더 오래된 박힌 돌이었으니 말이다.

네 명이 행정 관료들과 헤어진 캠프 남작은 말없이 걸음을 옮겼다. 그리고 조금은 한적해지고 모든 시선이나 귀로부터 멀어질 즈음하여 입을 열었다.

"어찌해야 하나요?"

"저의 의견은 한결같습니다. 또한 백작 각하께서는 이미 주군의 시험을 통과한 것이 아닙니까? 정보대로라면 그는 무려 1백에 이르는 어쌔신의 암습을 뚫고 이곳에 도달했으니 말입니다."

호위 기사 프리드먼 경은 여전했다. 그는 패트리아스 백작이라는 나무 밑으로 들어가라 했다. 아무리 그가 세력이 없다고는 하나 대영주인 백작이다. 큰 나무 밑으로 들어가면 그만큼 뜨거운 햇볕을 피할 수 있음이었고, 추위로부터 벗어날 수 있다는 말이 된다.

한마디로 안정적인 성장이 가능하다는 말이 될 것이다. 하나, 반대로 그 성장의 폭이 더디다는 단점도 있었다. 게다가 패트리아스 백작이라는 나무가 도끼에 찍혀 잘려 버리면 그 주변은 작은 나무는 그늘을 제공하던 나무에 깔릴 수밖에 없었다.

"또한, 삼십 년 전의 세력이 아직 이곳 포가튼 코마롬 지경에는 남아 있습니다."

프리드먼 경이 한마디를 더했다. 이곳이 포가튼 코마롬이라는 지명이 된 연유는 아직도 코마롬 자작을 그리워하는 의미에서 지어진 명칭이었다. 그렇게 해서라도 코마롬 자작을 잊지 않기 위해서였다.

"그들이 백작과 손을 잡을까요?"

"그것은 모를 일입니다. 하나, 문제는 없습니다. 그들을 안을 수 없으면 그에게 능력이 없음이며, 그러한 능력조차 가지지 못한다면 결코 로드가 될 수 없지 않겠습니까? 그것은 그때 가서 생각해도 될 것입니다."

역시 노회한 프리드먼 경이었다. 능력이 없으면 버리면 된다. 제거해도 된다. 난세를 살아감에 있어 능력이 없음을 한탄해야 하지 자신을 알아주지 못한 세상을 탓할 수는 없었기 때문이다.

"병력과 기사단을 부릅니다. 그리고 그들과 결별합니다."

"주군의 뜻대로."

캠프 남작의 전격적인 결정에 프리드먼 경은 희미한 미소를 떠올리며 가볍게 허리를 굽혔다. 그의 음성은 유난히도 힘이 들어 있었다. 캠프 남작이 그러한 결정을 내리는 동안 네 명의 행정관들 역시 갑론을박을 진행하고 있었다.

"정말 무슨 꿍꿍이가 있지 않겠소?"

"무슨 꿍꿍이 말이오?"

군무관이 조금은 걱정스럽다는 듯이 말을 했다. 그에 징세관이 잔뜩 인상을 쓰며 물었다. 하지만 행정관은 그러한 걱정을 불식시키기라도 하듯이 입을 열었다.

"사람이란 말이오. 당황하면 얼토당토 않는 명을 내리게 마련이오. 너무 놀라 판단력을 상실한 것이라 할 수 있소. 난 지금껏 그러지 않은 귀족은 본 적이 없소."

"맞소. 나 또한 행정관님의 말에 동의하오. 백작은 당황한 것이오. 판단을 내리지 못할 정도로 말이오. 그저 영지를 받으면 그 영지 내의 모든 이들이 자신을 받들 줄 알았다 전혀 다른 반응이 나오자 당황한 것이오."

행정관의 말에 기사단장이 당연하다는 듯이 입을 열어 그의 말을 지지했다.

"그리고 결국 그 역시 캠프 남작과 마찬가지로 적당한 선에서 타협할 것이고 말이오."

기사단장은 자신한다는 듯이 자신이 가슴을 탕탕 치며 말을 했다. 확실의 그의 말에 귀가 기울여지기는 했다. 처음 캠프 남작이 대리 영주로 부임해 왔을 때에도 다르지 않았다.

다만, 캠프 남작은 지긋하게 세 달에 걸쳐 반응이 일어난 반면에 패트리아스 백작은 마치 갓 잡은 피라미처럼 펄떡펄떡 뛰었다.

그만큼 반응이 빨랐다. 여느 귀족과는 전혀 다른 반응에 사실 네 명의 기존 행정관들도 조금은 당황했으나 여전히 자신들이 더 우세함을 아는지라 이내 정신을 가다듬을 수 있었음이다.

그들은 승리를 확신했다. 어차피 귀족이라는 것이 그렇지 않은가? 결국 자신들만의 잇속을 챙기기 위해 혈안이 된 종자들이었다. 귀족이라고 해서 욕심이 없는 것은 아니지 않는가?

오히려 더 독점욕과 권력에 대한 욕심이 강한 이들이 바로 귀족이라 할 것이었다. 그들은 그것을 위해서는 무엇이든 할 수 있었다.

듣기 좋은 노블레스 오블리주라는 허울을 사용했지만 결국 귀족들은 권력을 위해서 금력을 위해서 가족을 가차없이 죽이고, 상인들보다 더 탐욕스러운 존재일 뿐이었다.

"어쨌든 네 시에 다시 사열한다 하니 그렇게 알고 준비합시다."

각자의 상념에 젖어 있던 그들을 일깨운 것은 행정관 스티브 해롤드였다.

"그럽시다."

그들은 그렇게 각자의 집무실로 흩어졌다. 연무장에 있던 병사들은 각자 패용하고 있던 방어구와 무구들을 바닥에 내려놓고 털썩 주저앉아 농담을 일삼기에 여념이 없었다. 그리고 기사들은 연무장에서 약간 벗어난 지점에 마련된 기사들의 숙소에 들어가 풀 플레이트 메일을 헐겁게 벗어놓고 자리에 누워 편하게 쉬고 있었다.

그러한 그들을 제논은 자신의 집무실에서 바라보고 있었다.

"엉망이로군."

제논의 감상평이었다. 제논의 곁에는 스웨슨이 있었고, 젠슨이 있었으며, 클라렌스가 있었고, 집사장 베컴이 있었다. 제논의 평에 베컴 집사장의 표정은 침울해져 있었다.

"저들 네 행정관은 각각 군무관 알렉스 리오스, 징세관 제이크 피비, 행정관 스티브 해롤드, 기사단장 윌 벤슨, 부 기사단장 제이콥 홈스키라 하며, 작게는 십 년, 길게는 이십 년을 이곳에 머문 이들입니다."

"그래도 그렇지요. 어디 싸가지 없게 백작 형님한테 저런 그지 같은 행동하면 안 되지 않것수?"

스웬슨의 입이 열리자 베컴 집사장은 고소를 머금었다. 마치 자신이 잘못 때문이라는 듯이 말이다.

"그래서 캠프 남작은 저들과 타협한 것인가요?"

"그렇기는 합니다만, 그는 아마 자신의 사사로운 세력을 키우기 위해 그랬던 것으로 알고 있습니다."

"사사로이 병력과 기사를 키운 것인가요?"

"그렇습니다."

베컴 집사장의 말에 젠슨은 약간은 의문스러운 생각이 들었다. 베컴은 집사장이다. 정식으로 보자면 집사장은 상당히 중요한 위치에 있을 것이나 지금의 상황에 놓고 보자면 가장 할 일 없고, 권력에서 멀어진 직위가 바로 집사장이라 할 수 있었다.

그런데 집사장이 하는 말에 따르면 그는 마치 자신의 손바닥 보듯이 저들이 행동 하나하나를 철저히 파악하고 있었기 때문이었다. 그러한 젠슨의 표정을 본 집사장은 이내 그의 의문을 풀어주었다.

"저는 이곳에서 평생을 보냈습니다. 집사장으로도 오십 평생을 보냈고 말이지요. 저들이 아무리 십 년이나 이십 년의 세월 동안 세력을 형성했다고는 하지만 결코 저의 눈을 벗어날 수는 없지요."

베컴 집사장은 담담하게 말을 했다.

"게다가 붉은 검 산적단의 단장이 이 하잘것없는 집사장의 아들놈이지요. 물론, 저들은 그 사실을 모르고 있습니다. 그리고 저는 아직 코마롬 자작 가문의 부활을 포기하지 않았습니다."

마지막 말에 집사장의 행동에 의문을 보내던 젠슨을 비롯하여 모든 이는 고개를 끄덕일 수밖에 없었다. 무려 30년의 시간 동안 그는 복수를 꿈꾸고 있었던 것이다.

도망가지도 숨지도 않고, 그저 자신의 할 일을 묵묵하게 해내면서 말이다. 그러한 그의 말이기에 고개를 끄덕이지 않을 수 없었다. 집사장의 말에 창밖을 내다보고 있던 제논이 신형을 돌려 그의 노쇠한 얼굴을 바라보았다.

"고생하셨습니다, 고든 아저씨. 프라니우스, 그 싸가지 없는 놈이 친구를 남기고 먼저 죽었지만, 또한 저에게는 작은 아버지였던 코마롬 자작께서는 돌아가셨지만, 고든 아저씨가 있어 편안하셨을 것입니다."

제논의 말에 베컴 집사장의 노안에 물기가 어렸다. 그리고는 잠시 말을 잇지 못했다. 하나, 살아온 세월만큼이나 빠르게 안정을 되찾은 베컴 집사장이었다.

"오늘 저녁. 아들놈이 올 것입니다. 붉은 검 산적단의 2천 산적을 대동할 것입니다."

"헤르메스 그 녀석도 이제는 귀염성이 없어졌겠군요. 패나 울보였던 기억인데."

"허허허, 그놈이 백작 각하를 패나 보고 싶어 했습니다. 백작 각하는 여느 귀족 가문의 자제와 달랐기 때문일지도 모르겠습니다. 아니면, 그놈에게 형제가 없어 백작 각하와의 짧은 만남이 그놈의 마음 깊숙이 자리 잡았을지도 모르지요."

베컴 집사장이 말에 무표정하게 고개를 주억거리는 제논이었다.

"그놈, 술은 마실 줄 아나 모르겠습니다."

"여기 스웬슨님이나 젠슨만큼은 아니지만 제 자식답지 않게 장대한 체구를 지녔습니다. 충분히 백작 각하의 마음에 드실 것입니다."

"하면, 술을 준비해 주세요."

"주군의 뜻대로."

베컴 집사장이 그렇게 말을 한 후 가볍게 묵례를 올리고 제논의 집무실을 벗어났다. 제논은 아직 남아 있는 세 명을 바라보았다.

"스웬슨."

"……?"

"기사단을 접수해라. 완벽하게 기한은 내일까지. 기사단장이나 부기사단장은 죽이지는 말고."

"젠슨하고 말이우?"

"그래."

"염려 붙들어 매슈."

제논의 명을 받은 스웬슨이 거구를 일으켜 세웠다. 그에 젠슨 역시 몸을 일으켜 세웠다. 그들은 긴장한 표정은 아니었다. 그저 일이 생겨 매우 즐겁다는 그런 표정이었다.

"프라네리온 백작."

"클라렌스라 불러요."

"……."

클라렌스라 부르라는 말에 잠깐 침묵하는 제논이었다. 그러한 제논을 마치 귀엽다는 듯이 바라보는 클라렌스였다.

"어차피 영지도 없는 백작이잖아요. 그리고 나는 그때 오빠라 불렀잖아요. 오빠는 나를 클라렌스라 불렀고요. 공적인 일을 처리하지만 지금은 둘만 있잖아요. 그렇게 해줘요. 그게 편해요."

"크… 을. 라. 렌. 스."

매우 힘들게 클라렌스라는 이름을 부르는 제논이었다. 그런 제논의 모습에 그저 담담한 미소로 고개를 끄덕이는 클라렌스였다. 어찌 보면 오히려 클라렌스가 더 나이가 많은 누나처럼 보였다.

"아마 나에게는 행정 관료를 알아보길 원하는 것이겠죠?"

"……."

끄덕 끄덕.

클라렌스의 말에 제논은 말없이 고개를 끄덕였다.

"알았어요. 그렇게 할게요. 뭐, 시간이 좀 걸릴 거예요. 그리고 이것 받으세요. 아직 몇 개 못 만들었는데 통신 수정구라는 것으로 원거리 통신이 가능한 마법 물건이죠. 전쟁에 도움이 될 거예요."

"…고… 맙군."

여전히 어색하게 답을 하는 제논의 모습에 살짝 웃음을 비친 클라렌스가 몸을 일으켜 세워 제논의 집무실을 벗어났다. 그러한 그녀를 물끄러미 바라보는 제논이었다.

무척이나 어색했다. 이런 생경한 느낌이 대체 무엇이란 말인가? 애써 침착하게 무표정을 가장하였지만 지금 제논의 머릿속과 가슴은 온통 당혹스러운 감정과 생각으로 가득했다.

"…클… 라렌스라는 이름, 무척 당혹스럽군."

잠시간 눈을 감은 제논이었다. 그리고 이내 고개를 좌우로 저어 자신의 생각을 털어 내버리는 제논이었다. 마치 별것 아니라는 듯이. 아주 간단하게 털어낼 일이라는 듯이 말이다.

제논은 다시 돌아서 커다란 창으로 다가갔다. 그리고 뒷짐을 지고 연무장 여기저기 널브러져 있는 병사들의 모습을 보았다. 제논은 마치 움직일 줄 모르는 바위처럼 그대로 서 연무장을 바라보고 있었다.

*　　　*　　　*

제논은 자신이 약속했던 시간이 다가오고 있음을 느낄 수 있었다. 창밖을 내다보던 제논이 뒷짐을 풀었다. 그리고 집무실의 문을 향해 걸어가 집무실의 문을 열었다.

그때 그의 귓등을 때리는 우렁찬 외침이 들려왔다.

"추웅!"

집무실을 벗어나는 긴 회랑 양옆으로 기사들이 도열해 있었다. 좌측에는 젠슨이 허리를 꼿꼿이 펴고 만면에 웃음을 띠고 있었고, 우측에는 젠슨과 헬만이 서 있었다.

제논의 시선이 스웬슨과 젠슨 그리고 헬만을 훑고 좌우로 주욱 도열해 있는 기사들을 바라보았다. 풀 플레이트 메일을 완벽하게 착용한 상태였다. 심지어는 헬름과 자신의 무기까지 완벽하게 착용하고 있었다.

한데 가슴을 내밀고 허리를 쭉 펴고 턱을 당겨 상방 15도를 응시하고 있는 기사들이 착용한 풀 플레이트 메일이 조금 이상했다. 자세히 보면 그들의 풀 플레이트 메일의 곳곳이 움푹움푹 패이고 금이 가 있었다.

또한, 기사들의 몸은 꼿꼿하게 서 있는 반면에 아주 미세하게 떨고 있었다. 그 떨림에서 느낄 수 있는 것은 바로 공포였다. 제논은 단박에 그들의 사정을 알 수 있었다.

마치 눈앞에서 벌어진 일인 양 알 수 있었다. 스웬슨과 젠슨 그리고 헬만은 아마 휴식을 취하고 있는 기사들의 숙소로 쳐들어갔을 것이다. 그리고 마치 동네 개 패듯 그들을 팼을 것이다.

제논의 예상으로는 아마 팼다는 말이 맞을 것 같았다. 아무런 말도 없이 무작정. 그것이 오히려 지금 회랑의 좌우에서 빠릿빠릿하게 서 있는 기사들에게 더욱더 공포를 줬을 것이다.

눈에 보이지 않을 정도로 가늘게 떨고 있는 기사들을 보면 그 답이 나왔기 때문이었다.

"단장은 누구?"

"스웬슨 패트리아스 남작님이십니다!"

"부단장은?"

"젠슨 브레이커 경이십니다!"

제논의 물음에 일제히 답하는 기사들이었다. 그들은 우렁찬 음성이 아닌 아예 악을 쓰고 있었다. 더 맞지 않기 위해서 말이다. 물론 일부 기사들은 나름대로 반항하듯 작게 소리를 냈지만 스웬슨이 한 번 째려봄에 몸을 눈에 보이도록 부르르 떨더니 회랑이 쩌렁하도록 외치고 있었다.

제논은 만족한 웃음을 지었다. 강압이든 공포든 무엇을 사용해도 좋다. 지금은 이들을 수하로 부려야만 했다. 그리고 지금 당장의 상황에서는 공포보다 더 손쉬운 방법은 없었기 때문이었다.

"연무장으로 향한다."

"추웅!"

일사불란했다. 제논이 앞으로 걸어 나가고 스웬슨이 따라
붙고 젠슨이 따라붙었으며, 기사들이 따라붙었다. 기사들은
지금 여러 가지의 감정이 휘몰아치고 있었다.

가장 원초적인 공포와 기사단으로 있으면서 한 번도 해본
적 없는 도열 의식에 가슴 한켠에서 솟아나고 있는 자부심이
었다. 그리고 또한 그동안 자신들의 기사단장이었던 윌 벤슨
경에 대한 죄책감까지 한꺼번에 몰려들고 있었다.

하지만 그들의 감정은 조금씩 찌그러지고 움푹 들어간 헬
름에 가려서 보이지 않았다. 그저 독기 혹은 공포 또는 죄책
감에 물들어 있는 그들의 시퍼런 눈동자만이 반짝이고 있었
다.

집무실의 회랑을 벗어났을 때 마침 맞은편에서 캠프 남작
이 다가오고 있었다. 캠프 남작은 제논의 뒤를 따르는 기사들
을 보고 얼굴이 조금씩 굳어져 가고 있었다.

놀랍고 경이로웠기 때문이다. 단 몇 시간이었다. 그 몇 시
간 만에 기사들을 완벽하게 제어하고 있었다. 지금 캠프 남작
은 너무 놀랍고 당황한 나머지 가늘게 떨면서 엉망이 된 기사
들의 풀 플레이트 메일은 보이지 않았다.

그저 두 거인과 그들의 뒤로 절제된 행동으로 한 몸처럼 움직이는 기사들만 보였다. 두 거인에 비하면 키 작은 아이와 같은 제논의 모습이 두 거인보다 더욱 커져 보였다.

'프리드먼 경의 말이 맞았던가? 내가… 정보를 너무 우습게 보았군. 나는 인정할 수 없었던 게야. 복수를 하겠다고, 상대를 평가하겠다고 그리도 다짐했건만 어느새 나는 자만심 가득해진 여느 귀족들과 다르지 않았던 게야.'

캠프 남작은 비로소 느낄 수 있었다. 자신 역시 어느새 속물로 변해 있었다는 것을 말이다. 자신도 어느새 귀족 행세를 하고 있었다는 것을 말이다.

혀를 깨물며 과거를 잊지 않으려 그리도 노력했건만 자신은 어느새 과거를 잊고, 현실에 안주하며 여느 귀족들처럼 사실을 사실대로 받아들이지 않고, 자신의 생각대도 자신이 입맛대로 받아들이고 있었던 것이었다.

"할 말 있는가?"

어느새 곁에 다가왔는지 제논의 입에서 진중한 음성이 캠프 남작의 귓등을 때렸다.

"아! 없습니다."

제논의 음성에 정신을 차린 캠프 남작이 급히 얼굴색을 정리하며 제논을 향해 허리를 꺾으며 말을 하고 있었다. 이에 제논은 어느 순간 캠프 남작이 변했음을 느끼고 있었다.

마치 고슴도치처럼 날카롭게 가시를 세우고 있던 캠프 남작이 지금 이 순간은 언제 그랬느냐는 듯이 잔잔하기 그지없었다. 고슴도치가 아니라 마치 집을 잘 지키는 충견과 같은 모습이었다.

"정신을 차렸나?"

"…알고 계셨습니까?"

"물이 고이면 썩게 마련이지."

간단한 말이었지만 지금 캠프 남작에게는 비수처럼 꽂히는 말이었다.

"남작의 과거, 내가 보상해 주지. 믿음을 배신하지 않는다면."

"……"

제논의 시선과 부딪힌 캠프 남작은 말을 할 수 없었다. 그저 가슴속으로 뭉클해지는 무언가가 전해져 오고 있었다. 그것은 무어라 형용할 수 없는 그런 것이었고, 어떠한 단어로도 설명할 수 없는 것이었다.

그 마음을 안다는 듯이 말없이 서 있는 캠블 남작의 어깨에 손을 올려 툭툭 두드려 주는 제논이었다. 별로 깊이 오간 말도 없고, 장황한 설득도 없었으나 충분한 위안이 되었고, 믿음이 형성되고 있었다.

"가지!"

"따르겠습니다."

제논의 우측 반보 뒤로 물러나 제논을 보좌하는 캠블 남작
이었다. 이로서 또 한 명의 과거에서 살아남아 현재와 미래를
살고 있는 이가 제논의 곁으로 합류했다.

그러한 광경을 바라보고 있는 기사들의 어깨가 조금씩 더
펴지고 있었다. 조금은 더 믿어도 될 것 같다는 생각이 들었
던 것이었다. 기사단장인 벤슨 경을 배신했지만 대리 영주가
백작의 편에 섰으니 죄책감을 조금이나마 덜어낼 수 있었다.

처벅! 처벅! 처벅!

그들이 움직였다. 가장 선두에 부드러운 바람에 백발을 나
부끼며 제논이 서 있었고, 그의 뒤에는 캠프 남작과 그저 보
기만 해도 기가 질릴 정도의 거구 두 명. 그리고 그들을 따르
는 풀 플레이트 메일과 누가 알려주지도 않았지만 보폭을 일
정하게 하여 발을 맞추는 기사들이었다.

그들이 향하는 연무장은 아직도 헤이해진 모습의 다섯 명
의 실세와 여전히 나태하게 자리하고 있는 병사들이 있었다.
제논이 나타나자 다섯 명이 실세의 얼굴이 금세 변하기 시작
했다.

"이노옴! 칼슨! 네, 네놈이 어찌 그 자리에 서 있더란 말이
냐?"

풀 플레이트 메일을 입고 있었으나 그들과 항상 같이하고

있던 벤슨 경은 단박에 그들의 모습을 알아보았다. 어찌나 분노했는지 벤슨 경이 득달같이 제논의 뒤를 따르고 있는 기사들에게 향하려 하였다.

하나,

턱!

"으읍. 놔! 놔라. 이놈!"

어느새 그의 앞을 거대한 사내가 가로막고 있었다. 3미터의 거구, 얼굴을 쳐다보려 해도 고개를 뒤로 바짝 치켜 올려야만 볼 수 있었다. 그러한 그가 벤슨 경을 가로막으며 그 큼지막한 손으로 벤슨 경의 얼굴을 잡아버렸다.

"경거망동하지 마라!"

나직한 음성이었다. 하지만 평소와 같지 않은 너무나도 진중한 그의 모습은 그저 바라보기만 해도 오금이 저릴 정도였다.

"이이……."

그때 부기사단장인 홈스키 경이 검을 잡은 손을 부르르 떨었다. 순간적인 분노에 검을 잡아갔지만 자신에게 쏟아지는 3미터의 거구의 시선은 결코 쉽게 받아들일 수 없는 것이었다.

하지만 그가 검을 뽑을 수 없었던 것은 어느새 그의 곁으로 다가와 검병을 잡아가는 그의 손을 그대로 지그시 누르고 있는 젠슨 때문이었다.

"뽑는 순간, 죽는다."

"꿀꺽!"

젠슨과 시선이 부딪힌 홈스키 경은 자신도 모르게 마른 침을 삼켰다. 전신이 얼어붙는 것 같았다. 이것은 마치 오우거 앞에 선 고블린과 같은 신세라 볼 수 있었다.

시선이 부딪힌 순간 홈스키 경은 자신이 한없이 작아지고, 온몸이 떨려오며, 광폭한 포식자의 앞에서 오돌오돌 떨고 있는 자신을 느낄 수 있었다. 순식간에 두 명을 완벽하게 제압한 스웬슨과 젠슨이었다.

하지만 제논의 시선은 그들에게 있지 않았다. 아직도 사태를 파악하지 못하고 나태하게 자리를 지키고 있는 병사들을 훑어보았다. 그리고 제논의 입이 떨어졌다.

"기사단장은 명을 받들라!"

"명을!"

"군무관 알렉스 리오스, 징세관 제이크 피비, 행정관 스티브 해롤드, 기사단장 윌 벤슨, 부기사단장 제이콥 홈스키를 지금 이 순간 직위해제하며, 근무 태만 및 귀족 모독죄, 또한 영지 재물의 착복한 혐의로 가중처벌토록 한다."

"로드의 뜻대로!"

갑작스러운 제논의 말이었다. 그야말로 전격적인 움직임

이었다. 그가 부임한 지 겨우 하루 만에 일어난 일에 호명된 다섯 명의 실세는 말조차 못하고 그저 입만 벙긋거리고 있었다.

제논의 명에 기사들은 한 치의 틈도 없었다. 다섯 명의 실세들은 그저 '어? 어?' 하면서 그저 자신들을 체포하고 있는 기사들을 멍하게 바라볼 뿐이었다.

"이, 이놈! 놔! 놓으란 말이다!"

"이놈들! 내가 누군지 아느냐? 바로 기사단장이란 말이다! 기사단장!"

"이, 이……."

그리고 기사들에 의해 질질 끌려가면서 그제야 정신을 차린 다섯 명은 길길이 날뛰면서 고래고래 소리를 질렀다. 하나, 이미 기사들 역시 스웬슨의 공포와 제논의 카리스마에 눌려 철저하게 제논에게로 넘어가고 있었다.

상황이 이쯤 되자 제멋대로 방어구를 벗어 던져 놓고, 무기를 땅에 떨어뜨려 놓았던 병사들은 은근슬쩍 방어구를 갖춰 입기 시작하고, 흐트러졌던 오와 열을 슬금슬금 맞추기 시작했다.

아무리 명령이라고는 했지만 솔직히 불안했다. 그런데 그런 명령을 내린 이들이 말 한마디 제대로 해보지 못하고 기사들에게 끌려 나가자 더 이상 그들이 자신들의 신변을 안전하게 보호해 주지 못한다는 것을 바로 깨달은 것이었다.

원래 병사들이라는 것이 그러하다. 윗대가리들이 어떻게 바뀌는가에 대해선 큰 문제를 삼지 않는다. 이러나저러나 그들은 역시 귀족들이었고, 자신들은 그들의 소용에 따라 이리 움직이고 저리 치이는 병사들일 뿐이니 말이다.

그렇게 조용한 소요가 일어나는 가운데 연무장이 출입구 쪽에서 절제된 발걸음 소리가 들려왔다. 가장 선두에 풀 플레이트 메일을 완벽하게 갖춰 입은 기사들이 절제된 동작으로 들어서고 있었고, 그 뒤를 이어 기사들과 다르지 않은 정련된 병사들이 들어서고 있었다.

끊임없이 들어오고 있었다. 주섬주섬 자신의 방어구와 무구를 챙기던 병사들은 황급히 제대로 챙기지도 못하고 연무장 한쪽 편으로 밀려났고, 그 자리를 기사들과 새로운 병사들이 차지했다.

"블랙 이글 기사단! 출정 준비 완료했습니다."

"캠프 남작 가문의 3천 병력 역시 출정 준비 완료했습니다"

그들을 바라보는 캠프 남작의 얼굴에는 자부심이 어려 있었다. 자신이 삼십 년 동안 영지조차 제대로 없는 상황에서 만들어낸 캠프 남작 가문의 병력이었기 때문이다.

사람들은 놀라고 있었다. 어떻게 영지도 없는 귀족이 그것도 저렇게 정련된 기사와 병사들을 거느릴 수 있는지에 대해서 말이다. 하지만 제논은 그러한 의문을 뒤로하고 캠프 남작에게 시선을 두었다.

"패트리아스 백작 각하께 드리는 첫 번째 선물입니다."

"……."

선물이라고 했다. 완전하게 자신의 가신으로 받아달라는 말일 것이다. 하지만 제논은 고개를 좌우로 흔들었다. 그런 제논의 행동에 약간은 당황한 표정을 짓는 캠프 남작이었다.

의도를 알 수 없었기 때문이다. 저것이 싫다는 것인지 아니면 좋다는 것인지. 받아들이겠다는 것인지 아니면 유보하겠다는 것인지 도대체 종잡을 수 없었기 때문이다.

"저들은 나를 위한 선물이 아니라 그대를 위한 병력이다. 이후로도 저들은 그대의 병력이고, 그대의 기사이다. 자랑스러운 캠프 남작 가문의 블랙 이글 기사단이다."

"……."

이번에도 어떠한 말도 할 수 없는 캠프 남작이었다. 설마 이런 결정을 내릴 줄 몰랐다. 지금 시급한 것은 병력과 기사라는 것을 알고 있음에도 불구하고 완벽한 병력과 기사를 들어 바침에도 불구하고 그것을 거부한 것이었다.

패트리아스 백작을 위한 병력과 기사가 아닌 캠프 남작 자신만의 기사와 병력이라 했다. 그에 캠프 남작은 그동안 가슴

깊숙이 담아두었던 지난날의 회한이 한꺼번에 밀려듦을 느낄
수 있었다.

노력에 대한 결실을 말이다.

"이번 전투가 끝나면 캠프 남작 가문은 다시 흥할 것이다.
이것은 패트리아스 백작 가문의 가주로서 다짐한다."

"…고맙… 습니다."

그 말밖에는 할 말이 없었다. 달리 무슨 말이 필요할 것인
가?

"또한, 오늘 저녁부터 내일까지 원군이 도착할 것이다. 여
벌의 무기와 방어구를 잘 다듬어 놓도록 하라."

"명을… 받습니다."

"출정식은 삼 일 후이다. 준비하도록."

마지막 말을 남기고 제논이 신형을 돌려세웠다. 생각지도
않은 병력과 기사들이 생겼다. 또한 새로이 실세들의 기사
150명을 흡수하였고, 라이칸 슬로프로 이루어진 기사 삼백이
더 있었다.

이제는 병력만 있으면 되었다. 그리고 그들이 움직이기 전
에 먼저 움직이면 된다. 그러면 승리할 수 있었다. 지금으로
서는 홀로 승리해서는 승리라 할 수 없었다.

자신을 믿도록 해야 하며, 영지민들의 마음을 한곳으로 모
아야만 했다. 과거 무너졌던 가문의 영광을 복구해야 하였으

며, 다가올 위험을 방비해야만 했다.

할 일이 너무 많은 것이었다. 그러한 제논의 심정을 알기라도 하듯이 어느새 베컴 집사는 깔끔한 쟁반 위에 시원한 물한 잔을 가져오고 있었다. 말없이 그 물을 받아든 제논이었다.

"이제 시작이로군요."

제논이 물을 마시고 있는 동안 베컴 집사장은 연무장에서 빠릿빠릿하게 움직이고 있는 병사들과 기사들을 바라보며 입을 열었다. 그의 노쇠한 눈동자에는 새로운 열망으로 가득 차있었다.

"시원하군요."

제논이 물을 다 마신 후 베컴 집사장이 들고 있는 쟁반에 놓으며 말을 했다. 그에 베컴 집사장은 슬쩍 미소를 떠올리며 고개를 끄덕였다.

"아들놈이 조금 일찍 도착했습니다."

"어디 있습니까?"

"백작 각하의 집무실에서 각하를 기다리고 있습니다."

"오랜만에 울보 놈을 보는군요. 갑시다."

"허허허."

제논의 말에 허허롭게 웃는 베컴 집사장은 기꺼이 제논의 뒤를 따랐다. 새로운 역사가 시작되려 하는 것이다. 무너졌던 코마룸 자작 가문이 다시 세워질 것이다.

물론, 코마룸 자작 가문의 후계는 모두 몰살 당한 덕분에 정식적으로 자작 가문이 세워진다는 것은 어불성설일 것이다. 하나, 자작을 기억하고, 자작의 정신을 몸에 익힌 이는 수없이 많다.

그러면 된 것 아니겠는가? 코마룸 자작은 여전히 이 포가튼 코마룸에서 살아 맹렬히 불타오르고 있으니 말이다. 그러는 동안 제논은 어느새 집무실의 문을 열고 들어서고 있었다.

"……."

제논이 집무실에 들어섰을 때 네 명의 인물이 앉은 자리에서 제논을 바라보았다. 그리고 아주 느릿하게 몸을 일으켜 세웠다. 제논은 시선은 그중 한 사람에게 꽂혀 있었다.

그의 입가에는 보일 듯 말 듯한 아주 작고 가는 미소가 떠올라 있었다. 그리고 아무것도 아니라는 듯이 퉁명스러운 목소리가 흘러나왔다.

"여리고 눈물 많던 울보 놈은 어디 가고, 산도적이 이곳에 앉아 있는가?"

제논의 말에 한 명의 사내가 입을 쩍 벌리며 호탕하게 웃었다.

"으하하하! 제논 형님, 정말 오랜만이우. 살아 있었어. 역시 형님은 살아 있던 것이었어."

그렇게 말을 하며 제논에게 다가왔다. 제논보다 훨씬 큰 키와 덩치였지만 제논이 팔을 활짝 벌리자 그의 품속에 뛰어들 듯 마주 안아가는 사내였다. 따뜻한 가슴이 서로에게 전해졌다.

"살아 있어줘서 고맙다."

"흐흐흐, 형님보다 동생이 먼저 죽을 수는 없잖소."

이윽고 포옹을 마친 제논이 사내의 두 어깨를 잡고 위아래로 훑어보며 말을 했다.

"누가 보면 네놈이 형님이라 하겠구나. 너도 이제 많이 늙은 게야."

"어째 형님은 하나도 변하지 않았소. 어렸을 적 모습 그대로요."

"별로 좋은 말은 아닌 것 같구나."

"흐하하하, 어쨌든 반갑소. 아버지의 서신을 받고 얼마나 놀랐는지 말이오."

"나 또한 그렇게 울던 놈이 어떻게 그 무서운 바위 산맥의 두 봉우리를 차지하는 산적이 되었는지 그것이 더 놀라울 따름이다."

제논의 맞대응에 커다랗게 웃는 헤르메스 베컴이었다. 그리고 이내 자신의 뒤에 우두커니 서 있는 이들을 소개해 주기 시작했다.

"이놈은 소두령인 알레한드로 데아자이고, 이놈 역시 소두령인 아비세일 가르시아요. 그리고 이 친구는 나와 함께 아카데미에서 동문수학한 제이슨 마르티네즈요. 우리의 여기를 맡고 있지요."

제이슨을 소개하며 자신의 머리를 톡톡 두드리는 헤르메스였다. 그에 제논은 예리한 눈으로 제이슨을 바라보았다. 실제 앞으로 영지를 운영함에 있어 무력도 무력이지만 그 무력을 제대로 운용할 군사나 참모가 상당히 필요한 시점이라 할 수 있었다.

또한, 상당히 많은 행정력이 필요하고 말이다. 그러하기에 클라렌스에게 행정 인력을 알아보도록 시킨 것이었다. 그런데 의외의 곳에서 인재가 발견되니 이 또한 기분 좋은 일이었다.

"베컴 집사장님, 자리는 준비되었지요?"

"물론입니다."

베컵 집사장에게 물으니 준비되었다 했다. 준비란 바로 술자리일 것이 분명했다. 서로를 오랫동안 알아왔다고 해도 보지 않은지 무려 삼십 년이 넘어갔다. 어찌 서먹하지 않을 것인가.

거기에 이제 처음 소개받은 자들도 있지 않은가 말이다. 그에 그들과 가장 빠르게 친해지고 허물을 벗을 수 있는 방법은 바로 술이라고 할 수 있었다. 마시든 마시지 않든 그 자리를 통하여 서로를 조금씩 이해할 수 있을 것이기 때문이었다.

"다 커서 이제 같이 늙어가는 처지이니 술이나 한 잔 하도록 하자. 너에게 소개시켜 주고 싶은 사람들도 있고 말이다."

"여부가 있겠소."

헤르메스는 흔쾌히 제논의 제의를 수락했다. 오히려 자신이 더 바라고 싶은 마음이었다. 두 소두령은 남자라면 술을 마실 줄 알아야 한다고 생각하는 이들이었고, 자신의 친우이자 군사인 제이슨 역시 술을 즐겨하니 말이다.

"가자, 술을 마시며 앞으로의 일을 논의하도록 하자."

"알겠소. 다들 가자고."

그들이 집무실을 벗어났다. 그렇게 또 하나의 세력이 제논의 울타리 안으로 찾아들었다. 삼십 년이면 너무나도 오랜 시간이라고 할 것이나, 그 오랜 세월을 통해 그를 기다린 사람은 너무나도 많았다.

그들을 앞에서 인솔해 가고 있는 제논의 눈동자는 심유하게 가라앉아 있었다. 그리고 그의 눈은 말하고 있었다.

'이제 시작이다.'

『넘버세븐』 6권에 계속…